ルーク
ヒメリ
有馬太一
ピノ
クロロ
ノール
Characters
登場人物紹介

ウメ
ルビー
ルーシー
アーツ

『みなさん、タイチさんと素敵な思い出がたくさんあるんですねぇ！』
鉱石ハリネズミは、
もふもふカフェの温かさに……
心の隙間が埋まっていくような気がした。

Menu

異世界もふもふカフェ 2

テイマー、
もふもふ猫を求めて
隣国へ

ぷにちゃん
Punichan

1 猫のいる宿

太陽が沈み始めると、移動時間になる。

オレンジに染まった空と山々を見て、太一《たいち》は思わず「おお～っ！」と感嘆の声をあげた。

『どうかしたのか？』

「いや、山が綺麗《きれい》だな～ってさ」

『そうか？』

太一の言葉を聞いて、ルークは首を傾《かし》げてみせる。ルークにとっては当たり前の光景なので、きっと感動している太一のことが不思議なのだろう。

（俺はこの世界に来てから、そんなに日が経《た》ってないからなぁ）

東京というビルばかりの場所で生活していた太一にとって、大自然いっぱいのこの世界はとても新鮮で、ドキドキワクワクしてしまうところなのだ。

……まあ、戦闘はちょっとご遠慮したいけれど。


猫カフェに日々の癒《いや》しを求めていた元サラリーマン、有馬《ありま》太一。

毎日遅くまで残業をし、会社のために身を粉にして働いていた。楽しみといえば、月一で定時上がりをして猫カフェへ行くこと。

そして……仕事帰り、車に轢《ひ》かれそうな猫を助けたら――なんと、その猫が神様だった！　太一はその際に車に轢かれて死んでしまったが、猫の神様によってこちらの世界で生き返らせてもらうことになったのだ。

猫の神様からは『もふもふに愛されし者』というテイマーから派生した固有ジョブを授けてもらい、さらに便利なスキルがレベル無限でいくつもあるという好待遇だ。

太一の相棒、フェンリルのルーク。

白金色の毛並みが美しく、その立ち姿は威厳がある。

自称孤高のフェンリルなのだが、どうにも太一が大好きなツンデレだ。……いや、ツンツンツンデレくらいの割合だろうか。

ちなみにルークが太一の次にお気に入りなのは、ビーズクッションだ。

この世界に来た太一は、猫カフェならぬ――『もふもふカフェ』を開店した。

従業員は自分、それからルークをはじめテイミングしたもふもふたち。

最初こそ、もふもふが魔物ということもあって現地の人たちには受け入れられなかったのだが、今では常連客もできた。

カフェの運営には、猫の神様にもらった便利なスキルが大活躍している。

【創造（物理）】スキルで賃貸の一軒家のリフォームをし、お店に必要なエプロンや食器類を作った。そして、裏庭にはお風呂も。

さらに、【お買い物】スキルを使ってカフェで提供するメニューのお茶やお菓子を日本で購入している。ちなみに、代理で買ってきてくれているのは猫の神様だったりする。

——という感じに、太一は楽しくもふもふカフェ経営ライフを送っているのだ。


太一は今、ルークとともに暮らしている『シュルクク王国』から、西隣にある『アーゼルン王国』へ向かっている最中だ。

なぜかって？


それは、そこに猫の魔物——『フォレストキャット』が生息しているから。


異世界に来る当初に思い描いていた猫カフェ。

フォレストキャットをテイミングすることができれば、太一のもふもふカフェに晴れてお猫様が仲間入りだ。

ただし、アーゼルン王国は遠い。馬車を使うと片道一ヶ月かかるため、太一はルークの背中に乗り夜間に移動している。

これなら、なんと片道一〇日弱で到着することができるのだ。

『ほら、早く背中に乗れ！　朝までに次の街へ到着しておきたいからな』

野宿は嫌なんだろう？　と、ルークが言う。

「そうだったな。ありがとう、ルーク」

（ぶっきらぼうなところもあるけど、めっちゃ優しいんだよな……ルーク）

太一は、にょによによしそうになる顔を抑えながら、ルークの背中に乗る。ふわふわの毛が手のひらに触れて、それだけでとろけそうになるほど幸せだ。

（はあ〜〜、もふもふ最高……！）

ルークだけでもこれなのに、フォレストキャットが加わったら自分はいったいどうなってしまうのだろうか。

考えただけでも、今から震えてしまいそうだ。

太一が背中に乗ったのを確認して、ルークは大地を蹴る。

『それじゃあ行くぞ』

「お手柔らかに――おおおぉぉっ！」

できればゆっくりと言う前に、ルークがスピードに乗る。それでも、ルークなりに気遣ってスピードは抑えているのだが……人間からすれば、十分に速い。

「はやい、速すぎるルーク!!」

（目が！　開けられない!!）

『軟弱だな……まったく！』

太一の叫びを聞いて、ルークのスピードが緩くなる。

『速く走ったほうが気持ちいいだろうに……』

「加減って言葉があるだろ……。それに、せっかく綺麗な景色なんだからさ、もう少しのんびりでもいいと思わないか？」

『……ふん』

ルークはぷんぷんしつつも、太一の言葉を聞いて景色を見る。

まあ、確かに美しいかもしれないとは思う。

『まったく！　それよりも、休憩のときはちゃんと美味《うま》い飯を用意しろよ！』

「わかってるって」


それから数時間ほど駆け、ちょうど見つけた丘で食事休憩を取ることにした。

見上げると満天の星があり、太一は思わず草の上へ寝転ぶ。

「いやぁ、絶景だなぁ……」

『別に星空なんて珍しくもないだろう』

「俺が住んでたところでは、ここまですごい星空はそうそう見れなかったんだよ」

だから堪能したいのだと、太一は言うが――それよりも、ルークは腹ペコだった。

『早く食事にするぞ』

ルークは太一の袖口をひっぱり、『飯だ』と急《せ》かす。

「はいはい、わかったよ。ちょっと待ってくれ」

太一はルークを撫《な》でて、腰に下げた鞄《かばん》に手を伸ばす。

これは神様からもらった『魔法の鞄』で、無限に物が入るうえ、中の時間は止まっているという優れものだ。

中には道中でルークが倒した魔物や、街で買ってきた調味料などいろいろなものが入っている。

今まではルークの大好物のドラゴンの肉も入っていたが、すべて平らげてしまった。そのため、道中で狩った『七色ホロホロ』を取り出す。

森の奥に生息している魔物で、その肉は引き締まっていてとても美味いのだとルークが教えてくれた。

「このお肉を【ご飯調理】っと！」

すると、太一の前にホログラムプレートが現れる。

《調理するには、材料が足りません。『七色ホロホロの肉』『魔力草』『薬草』『魔力塩』があれば『七色のホロホロロースト』が作れます》

「お〜、美味そうな名前だな」

『なんだ、まだ作れないのか？』

「ちょっと待ってって、材料が必要なんだ」

ホログラムプレートで材料にあがった薬草や調味料は、街を出るときに購入したものの中にあるので、すでに太一の鞄の中に入っている。それを取り出してもう一度スキルを使う。

「【ご飯調理】！」

猫の神様が授けてくれたテイマーのスキル、【ご飯調理】。

材料を揃《そろ》えた状態でスキルを使うと、魔物のご飯を作ることができる。

スキルを使い、材料が消費されて料理ができあがった。

スライスされた七色ホロホロの肉がお皿に盛られており、キラキラと美しい輝きを放つ。添えられた塩をつけて食べることを想像すると、今にもよだれが出てしまいそうだ。

料理を見て、すぐにルークが歓喜の声をあげた。

『おおっ、これは美味そうだ！』

早くよこせとばかりに、ルークが尻尾を振りながら太一の周囲をグルグル歩き回る。その様子がなんとも可愛《かわい》くて、太一は笑う。

「わかってるって、たくさんあるから遠慮せず食べてくれ」

『もちろんだ！』

太一が七色のホロホロローストを差し出すと、ルークがぺろりと平らげてしまう。

『んむ、美味い！』

（えっ、早っ!!）

思わず心の中で突っ込みつつも、慌てて追加のホロホロローストを作る。スキルで作れるので、材料さえあればあっという間だ。

「もう少し味わって食べてくれよ」

太一が苦笑しながら言うと、ルークが素直に頷《うなず》いた。

『ふむ……急いで食べる必要もないか。いつもはそのまま食べていたが、テイマーが使うスキルはすごいものだ。とても美味い！』

「満足してもらえたのなら、よかったよ」

十分な数を作ってから、太一もホロホロローストにありつく。このスキルのいいところは、人間も問題なく美味《おい》しくいただけるというところだ。

一口かぶりつくと、その上品な肉質が伝わってくる。しっとりと柔らかな肉は、口の中に入れたらとろけてしまうと言っても過言ではないだろう。

材料の一つとして使った魔力塩が、七色ホロホロのうま味を最大限まで引き出している。

（これはいくらでも食べられそうだ）

二人でたっぷり堪能して、再び隣国へ向けて出発した。

それから再び走って、隣国との国境線の境目にある『チャルムの街』までやってきた。規模は、太一がカフェをしているレリームの街と同じくらいだろうか。

国の境目だからだろう、比較的ほかの街よりも商人が多い。

「へえ、活気のある街だな」

『悪くはなさそうだな』

太一とルークは二人で街を歩き、テイマーギルドを探す。

宿泊施設がついていることが多いので、今日の宿を借りるためだ。街の宿でもいいのだが、残念ながら従魔は駄目だというところも多い。

(しかもルークは大きいからなぁ……)

そんなことを考え太一が苦笑すると、ルークが『なんだ!』と反応する。

「いや、ルークの毛並みは立派だなぁと」

『なんだ、見惚《みと》れていたのか！　そうだろう、そうだろう！　気高きフェンリルだからな!!』

褒められたルークは尻尾をぶんぶん振り、誇らしそうにしている。

遠くで小さな女の子が「わんわん！」と言っているが、そのことには気づかなかったようで……

太一はほっと胸を撫でおろした。

（犬って言われたら絶対に機嫌が悪くなるからな……）

「さてと、テイマーギルドで宿をとって、買い物をして一休みしますか」

『ああ』

もふもふカフェをバイトとして雇ったヒメリに任せているとはいえ、二五日ほどで帰る旨を伝えてある。

ルークの足でも隣国までは一〇日弱ほどかかるので、あまりのんびり観光する余裕はないのだ。

（落ち着いたら、異世界中のもふもふを探すっていうのもありだけど）

さすがにそれは大冒険すぎるので……今はまだ、この世界でのんびりカフェを経営していたいと太一は思う。


無事にテイマーギルドで宿をとることができた太一は、部屋につくなりベッドへと寝ころんだ。

横には、魔法の鞄に入れておいたルークのお気に入りのビーズクッションも置く。

「はー疲れたぞ……」

意外なことに、この街のテイマーギルドは賑《にぎ》わいを見せていた。というのも、長距離移動をする商隊が比較的大型の魔物に馬車を引かせていたからだ。

そのため、この街のテイマーギルドは大きく、宿の部屋も広さがあった。

ぐでんとしてしまった太一を見て、ルークはビーズクッションに寝ころんでふんと鼻で笑う。

『まったく、軟弱だな』

「あはは～」

ルークの背中にしがみついているだけで精一杯だったのに、ルークはよく自分を背中に乗せて走り回れるなと太一は感心する。

こっちの世界に来てから必然的に歩く距離や運動をする機会も増えたが、とてもではないがルークに追いつけるとは思えない。

（とはいえ、もう少し体力はほしいな）

そうすれば、いくらでも散歩に付き合ってやれるかもしれない。

なんて考えながらうとうとしていると、ルークから『そんなにフォレストキャットがいいのか？』という問いかけが飛んできた。

もちろん、フォレストキャットは――猫は、社畜時代の太一の癒しだった。

「俺は猫たちに生かされていると言っても過言ではない……！　疲れ果てて死にそうになっても、猫を撫でられると考えただけで……とりあえずもう少し生きようと頑張ることができたからな」

『いったいどこの戦場にいたんだ』

「会社という戦場ですかね……」

乾いた笑いをあげながら、太一は目を閉じる。

脳裏に浮かぶのは、通っていた猫カフェだ。

（そういえば、みんな元気にしてるかなぁ……）

おやつのニャールをあげて、モテモテになったことはきっと一生忘れないだろう。

猫カフェの猫たちはいつもそっけなくて、ねこじゃらしで遊ぼうとしてもなかなか反応してくれないし、普通に横を素通りされる。

あのときの切なさと悔しさも、きっと一生忘れないだろう。

見かねた店員さんにねこじゃらしの扱い方を教えてもらい、多少は一緒に遊んでくれるようにはなった……だが、おやつをあげるときは別格だ。

ニャールを手にすると、猫たちは一目散に太一のもとまでやってきてくれる。可愛らしく『みゃぁ』と鳴いて、ニャールをねだる。

そんな猫に――この世界で出会えるとはなんという至福か。

『だらしのない顔だな』

「んべっ」

突然ルークの肉球パンチが飛んできて、目を開く。不機嫌そうな顔には、『猫の話ばかりしやがって』と書いてあるかのようだ。

「ごめんごめん」

――そう思いつつも太一の脳内は、ルークの肉球がぷにぷにだった！　ということでいっぱいだ。

（はあ〜〜肉球気持ちいい……）

もう一回くらい叩《たた》いていいよ？　と、言ってしまいたい。

（でも、そんなこと言ったらルークめっちゃ怒りそうだ）

『今度は何をにやにやしてるんだ』

「いや、ルークが可愛いからつい……」

『可愛い!?　こんなに気高いフェンリルが、可愛いわけがないだろう！』

ベリーラビットと一緒にするんじゃないと、ルークが吠《ほ》える。

けれど、太一からしたらルークだって十分可愛いし、大切な仲間だ。もふもふ最高だし、ツンツンデレ具合だってたまらない。

『可愛いというのは、あれだ、フォレストキャットもその部類だろう』

だからオレは可愛くないというルークの主張。

「そりゃあ、フォレストキャットも可愛いけどさ。可愛さに順位なんてつけられないよ。俺にとっては、みんな可愛い仲間だし！」

『…………』

太一がそう言うと、ルークが黙ってしまった。

「ルーク？」

どうしたのだろうと太一は首を傾げ、ルークの顔を覗《のぞ》き込んでみる。すると、耳の先っぽが少し赤くなっている。

（え、何それ可愛いんですけど!?）

人間が照れたりしたときに耳が赤くなるということはよくあるが、まさかフェンリルでも同じ状態になるとは思わなかった。

とりあえず言えることは、可愛いの一言につきる。

『ふんっ！　出発は明日の夜だったな……お前はひ弱なんだから、早くそれまで寝てしまえ！』

「いやいや、さすがにそれは寝すぎだぞ？」

『うるさい早く寝ろ!!　オレも寝る!!』

「えぇぇぇ」

言ってすぐ、ルークはビーズクッションに顔をうずめるようにして寝てしまった。どうやら、ルークなりの照れ隠しのようだ。

(久しぶりのデレかな……？)

それとも、フォレストキャットの話ばかりしていたから、やきもちを焼かれたのかもしれない。

太一はベッドから体を乗り出して、ビーズクッションにいるルークを撫でる。

「おやすみ、ルーク。起きたら美味い飯でも食べような」

『………』

返事こそなかったが、ぴくりとルークの尻尾が揺れた。

それを見た太一は頬《ほお》を緩め、ベッドへ潜り込んで目を閉じた。


「へ～、いろんな食材があるんだなぁ」

『ドラゴンの肉はないのか？』

「それはさすがにないだろ……」

十分に休んだ太一とルークは、夜の街に繰り出していた。

やってきたのは、たくさんの屋台が並ぶ広場だ。街の人はもちろんだが、旅人も大勢いるためとても盛り上がっている。

この世界に来てから、まだ見たことのないものも多い。

太一が目をとめたのは、『ワイルドミノのテールスープ』という屋台だ。

（魔物の名前だけど……いい匂いがする）

テールスープといえば、とろとろになるまで煮込まれている肉が想像できる。それはとても美味しくて、特に疲れた体には染み渡るだろう。

隣を見ると、気になったのかルークも鼻をふんふんさせている。

「食べてみるか？」

『そうだな、腹が減っていては力が出ないからな！』

ということで、屋台でワイルドミノのテールスープを購入する。

「ふわあああいい匂い」

『これは美味そうだな……』

一人と一匹でごくりと唾を飲み込んで、カップに口をつける。

太一が一口スープを飲むと、ワイルドミノの力強いダシにガツンと殴られたような気がした。

そのまま煮込んだ肉を口に含むと……舌の上で崩れ落ちた。ぎゅっと詰まった濃厚な旨味《うまみ》が、体の中を駆け巡る。

「は～～美味い」

『んむ』

旅をして疲れた体が癒《い》えていく。

ルークは舌を使って肉を食べて、そのまま器用にスープも飲み干した。熱いのはそこまで苦手ではないらしい。

(上手に食べるなぁ……)

『ん、なんだ？』

「いや、まだ食べたりないなと思ってさ」

『そうだな……次はもっとでかい肉がいいな』

フォレストキャットに会いに行く道中で美味しいものまで食べられるなんて、最高だ。

屋台はまだまだあるので、次は何を食べようかルークと相談しながら楽しんだ。

たっぷりと屋台を堪能した太一とルークは、チャルムの街の西側へとやってきた。ここが、アーゼルン王国への入り口になっている。

今は夜なので、昼に比べると人は少ないが、それでも数十人がアーゼルン王国へ入るための列を作っていた。

国境を通る列に並ぶのは、なんともドキドキする。見ると、兵士が門を通る人間の確認をしているようだ。

(緊張するなぁ……)

別に悪いことをしているわけではないので、兵士とは今までほとんど関わりがなかったため落ち着かないだけだろう。

『通るのに並ばないといけないなんて、人間は不便だな……。山の中でも通っていけばいいじゃないか』

「それは駄目だろ……」

確かに、国境といってもずっと壁が続いているというわけではない。

しかしそれでは、国境が意味をなさなくなってしまう。

「悪いことはしてないし、まして俺はフォレストキャットをテイムしに行くんだからな。きちんと手続きすることも大事だぞ」

それに、好き勝手して兵士に目をつけられたらたまったものではない。平和にカフェ経営をしていくというのも、大事なことだ。

(うちにはルークやケルベロスがいるからな……)

この二匹が実はすごい魔物だということは、秘密にしている。そのため、太一以外に二匹がフェンリルとケルベロスだと知る者はいない。

……ことになっている。


しばらく待っていると、太一の順番がやってきた。

「うお、大きな……これは、ウルフ系の魔物か？」

「いい毛並みをしているな」

『お、わかっているじゃないか！　なかなか見込みのある人間だな』

兵士の二人がルークに驚くも、どうやら魔物には慣れているらしい。ルークも毛並みを褒められて嬉《うれ》しそうだ。

「こんにちは。俺はテイマーの太一です。こっちは、従魔でウルフキングのルーク。人に危害を加えるようなことはしません」

自己紹介をしつつ、太一は自分の『テイマーカード』を見せる。これが、この世界における太一の身分証明となる。

カードには、名前と、テイマーギルドランクの『F』が記載されている。

「ウルフキングか！　本物は初めて見たぞ」

「すごいなぁ、よくテイムできたもんだ。きちんと登録もされているし、問題はないな」

すぐに通っていいという許可が下り、太一はほっと胸を撫でおろす。

（ルークも大人しくしてくれててよかったぁ）

いつもだったら、『ウルフキングとはなんだ！』と怒ってくるのだけれど……成長したものだと太一は感動を覚える。

……まあ、ルークの顔は不機嫌そうだけれど。

「ありがとうございます」

「ああ、気をつけて」

すんなり国境を越え、太一とルークはアーゼルン王国の大地を踏みしめた。


アーゼルン王国に入って二日もしないうちに、フォレストキャットが生息している森の近く——大森林の街『フォレン』に到着した。

街の周囲には野生動物や魔物が多く生息し、兵士や冒険者も多い。危険は多いけれど、警備面もしっかりしている。

路面店も多く、木などの自然物を扱ったものが多い。

太一はきょろきょろしながら、街並みを楽しむ。

（見てるだけでも楽しいなぁ……）

露店に並ぶ木の食器はぬくもりがあって、もふもふカフェでも使いたいし、木彫りの置物は受付に飾ってみてもいいかもしれない。

ついつい眺めていると、ルークが『何を見てるんだ？』と覗き込んできた。

『なんだ、そんなものがほしいのか？』

「よくできてるだろ？」

太一が手に取っていたのは、魔物をモチーフにした木彫りの置物だ。クマが鮭《さけ》をくわえているものはないけれど、勇ましいポーズをとっているものはある。

ウルフが子ウルフと昼寝をしているやつなんて、最高に可愛い。

「ほら、これなんかルークに似てないか？」

『そんな弱い奴らと一緒にするな！　オレはフェンリルだぞ!!』

「いやいや、外見の話だって！」

『俺のほうが強そうだ』

どうやらかたくなにウルフと一緒にされるのが嫌なようだ。太一が肩を落とすと、店主から「従魔には気に入ってもらえなかったかい？」と声をかけられた。

店主はやせ型で眼鏡をかけた、初老の男性だ。かけているエプロンは年季が入っているようで、工房で木彫りを作成しているところが目に浮かぶ。

太一は苦笑しつつ、店主を見る。

「俺はすごくいいと思うんですけどね……すみません」

「いやいや。これはウルフを見て彫ったからね、その従魔は……もっと強い魔物だろう？　そりゃあ、一緒に考えたら失礼だ」

『なんだ、わかっているではないか！』

ルークが『その通りだ！』と鼻息を荒くする。

その様子を見た店主が、頷きながらルークを見る。

「テイマーの中には従魔と会話ができるスキルを持っている人もいるんだろう？　兄ちゃんは、従魔の言葉はわかるのかい？」

「わかりますよ。おっしゃる通りで、ウルフと一緒にするなと怒っています」

太一が素直に伝えると、店主は「そうだろう」と笑う。

「こんなに立派な毛並みの魔物は初めて見たよ。わしら職人は、そうそう魔物を見ることもないからね。ウルフなら、連れている冒険者もいるが……それより強いと、なかなかね」

かといって、街の外へ魔物を見に行くこともできない。

「テイマー自体、あまり数の多い職業ではないですからね」

「そうだね。この街は人の行き来が多いから、まだテイマーが活躍できることもあるが……ほかは、なかなか難しいだろうね」

「はい……」

思い出すのは、太一が拠点にしている街のテイマーギルドだ。あそこは、いつ行っても人がいないので心配になる。

「フォレンには来たばかりかい？」

「そうです、つい今さっき。だから、これから宿も探さないといけなくて」

実はまだ、のんびりお店を見て回っている場合じゃなかったりする。

フォレンは大きな街なので、テイマーの数も多いだろう。そうなると、早めにテイマーギルドに行って宿の確保をしたいところだ。

(大きな荷物を従魔に引かせている商隊もあったからなぁ)

そんなことを太一が考えていると、「それなら」と店主が近くの通りを指さした。

「そこの道をしばらく歩いた右手側にある、『フォレストキャット亭』っていう宿がおすすめだよ」

「え、それは素敵な名前……」

ではなく。

ではなくはないのだが。

「従魔がいるので、宿は断られてしまうと思うんですよね。だから、テイマーギルドの宿泊施設を利用しようと思って」

ルークがいるため一般の宿では無理そうなことを説明すると、大丈夫だと首を振られてしまった。

「そこはテイマーが経営している宿でね、従魔もオッケーなんだよ」

「おおおおぉぉ、それはありがたいです!」

テイマーギルドの宿泊施設も悪くないのだが、せっかくなので宿に泊まりたい。

なんなら温泉がついていれば最高だけれど……さすがに異世界でそこまで高望みはしない。お風呂文化すらまだあまり浸透していないから。

『オレが泊まれるとは、なかなかわかっている宿じゃないか』

「ルーク」

ふふんと鼻を鳴らすルークに苦笑して、ひとまずその宿に行ってみることに決める。

「ありがとうございます、行ってみます」

「ああ。わしも昼食を世話になっているところなんだが、料理も美味しいんだ。とてもいい宿だから、よろしく頼むよ」

「はい」

太一はもう一度店主にお礼を告げて、フォレストキャット亭へと向かった。


言われた通りまっすぐ進んでいくと、右手側に猫の看板がかかっている建物を見つけた。どうやら、ここが紹介してもらった宿で間違いないようだ。

外観は小さくこぢんまりとしているが、清掃はしっかり行き届いている。出入り口横には鉢植えが置かれており、花が咲いている。

「いらっしゃいませ！」

中へ入ると、元気な挨拶に迎えられた。

木材で作られた家具は落ち着いた雰囲気があり、ゆっくり休むことができそうだと太一は頬を緩ませる。

太一は挨拶を返して、ルークを見る。

「こんにちは。従魔も一緒に泊まれるって教えてもらって来たんですけど、大丈夫ですか？」

ルークは小さくなってもらっているとはいえ、一メートルはある。もしかしたら断られてしまう可能性も……と思ったが、笑顔が返ってきた。

「大丈夫ですよ。広い部屋をご用意しておきますね」

「よかった！　ありがとうございま――……えっ⁉」

お礼を言おうとしていたところ、目に入ってきた光景に衝撃を受ける。思わず口から「えっえっえっ」しか出てこない。

そこに、可愛らしい猫がいたからだ。首元から葉と花が生えているので、おそらくフォレストキャットだろう。

そのフォレストキャットが、部屋の鍵をくわえて持ってきてくれたのだ。

店員は笑って、「僕の従魔なんですよ」と告げる。

「実は、妹も手伝ってはくれてるんですが……ほとんどの業務を僕一人でやっているんです。だから、従魔に手伝ってもらってるんですよね。フォレストキャットっていうんですが、知っていますか？」

知っているも何も、太一はフォレストキャットを求めてここへやってきたのだ。まさか、宿で出会うことができるなんて。

（つまりここは、猫カフェならぬ……猫宿!? そしてこの人が亭主か!!）

宿の名前が最高だと思ったときから淡い期待を抱いていたが、本当の本当に従魔がフォレストキャットだったとは。

（神様、ありがとうございます!!）

最高ではないかと、涙を流しそうになる。

「知ってます！ 実は、フォレストキャットをテイムしにこの国に来たんですっ!!」

「えっ、フォレストキャットを!? 別に特別強かったり特殊な魔法を使うわけでもないのに……どうしてまた」

「いやその、もふもふが好きで」

「もふもふ……」

太一の返事に、亭主はぽかんと口を開けた。まさか、そんな返事をされるとは思ってもみなかったという表情だ。

そして無言でフォレストキャットを撫でた。おそらく、気になってもふもふ具合を改めて確認してしまったのだろう。

……確かに、もふもふしている。

亭主はしばし沈黙したあとに、ぷっと噴き出して笑った。

「面白い人ですね。僕はテイマーの、アーツっていいます」

「俺は太一で、こっちはルーク。お世話になります」

宿を一人で切り盛りしている亭主、アーツ。

歳のころは二〇代前半と若く、笑顔が印象的な青年だ。優しい黄緑色の髪に、セピアの瞳。動きやすい服装にエプロンを着用している。

フォレストキャットを三匹テイミングしていて、宿の手伝いをしてもらっているようだ。


アーツは、自分のことを少し話してくれた。

「もともとは、テイマーとして冒険者をしてたんですよ。でも、なかなか強くなれなくて……それで、両親からこの宿を継いだんです」

フォレストキャットが倒せる魔物は、スライムやベリーラビットのような弱い魔物ばかりで、とてもではないが強敵に挑めるものではなかったようだ。

そのため、ほかの冒険者たちとパーティを組むこともままならなかったとか。

（まあ、そうだろうな……）

確かに猫の爪は鋭いし、牙も噛《か》まれたら痛い。

けれどそれは一般人である自分がされたときの感覚なので、フォレストキャットよりも大きな魔物にその攻撃が通用するのか――と言われたら、全力で逃げて生き延びてほしいと太一は叫びたい。

うんうん頷く太一に、アーツは苦笑する。

「もっと強い魔物をテイムできたらよかったんですけど、僕のレベルだとそれも難しくて。かといって、数を増やすのもレベルが低いから厳しいし……」

しかもそうなると、従魔の餌代や世話なども大変になってくる。

「そうか……むやみやたらにテイムすればいいっていうわけでもないですもんね」

（ルークは素材や食材になる魔物を狩ってきてくれるから、俺の懐は十分すぎるほど潤っているけど……）

本来なら、従魔の飼育費用を捻出するだけでも大変みたいだ。特に、駆け出し冒険者は一度の依頼で得られるお金もそう多くはない。

（宿を経営できてるなら、それはそれでよかった……のか？）

太一はそう考えたが、残念ながら現実はそう上手《うま》くできておらず。

「とはいえ、宿もなかなか上手くはいってなくて。タイチさんが泊まってくれて嬉しいです」

「え、そうなんですか？」

（猫がいる最高の宿なのに、客足が悪いのか？）

「はい。お恥ずかしい話ではあるのですが……。なので、もし泊まって不便を感じたり、何か希望があったら参考にしたいので、教えていただけると嬉しいです」

「俺で力になれるのなら、喜んで」

頷きながらも、日本だったら大人気だろうにと太一は思う。

しかしよくよく考えてみると、自分が経営しているもふもふカフェもそこまで認知度が高いわけではない。

この世界の人は、小動物を愛《め》でるといったことがあまりないのだ。加えて、そのもふもふたちが害をなしてくる存在――魔物ということもある。

とはいえ、その魅力を知ったら抗《あらが》えなくなってしまうのだけれど……。

（この宿の猫はあくまでも業務の手伝いをしていて、お客さんと遊ぶ……ってことはしないんだ）

楽しく遊ぶことができたら、きっと誰もがフォレストキャットのよさがわかるはずなのにと太一は考える。

この世界にねこじゃらしなどのおもちゃはないが、太一はスキルで簡単に作ることができる。

（図々《ずうずう》しいことを考えてるかもしれないけど……この宿が爆発的に人気になる可能性がある！）

急に黙り込んでしまった太一を見て、アーツはフォレストキャットを撫でながら首を傾げる。

「タイチさん？」

どうしたんですか？　と続けるより先に、太一がぐっと拳を握りしめて叫んだ。

「……アーツさん。ここの宿、猫と触れ合える宿にしませんか!?」

太一の突然の提案に、アーツの目が点になる。

「えっ!?」

「いいですか、猫は世界の――いや、宇宙の宝です。この愛らしいもふもふした毛！　さらにすらりとしたスタイルのいい胴体！　つぶらな瞳!!　しかもフォレストキャットなので、咲いている花を観賞することもできる。最高です。猫はそっけない生き物でもありますが、甘えてくれたときはもう可愛いの極みです」

「は、はい……」

「まず猫ちゃんは――」

いきなりのことで戸惑うアーツに、太一は猫宿の素晴らしさを力説した。


部屋に案内してもらった太一は、さっそくこの宿が繁盛する方法を考えることにした。とはいっても、宿の経営ノウハウは一切持っていない。

できることといえば、猫――フォレストキャットの素晴らしさを人々に伝えるということだけだ。

『いったいどうするつもりだ？　見た目が可愛いとはいえ、フォレストキャットは魔物だ。そう簡単に人間が受け入れるわけないだろう』

太一がベッドに座りながら計画を練っていると、ルークが鼻でため息をつく。さらにそのまま口を大きく開けてあくびまで。

（眠いのか……？）

「大丈夫、とっておきの秘策があるんだ。うちのカフェだって、少しずつだけどお客さんが増えてきただろ？」

一日二日で増えたりはしないが、長い目で見ればお客——もとい、ファンが増えるはずだ。

「そのためには、これ！【創造（物理）】スキルでねこじゃらしを作る！」

太一がスキルを使うと、頭の中で考えた通りのねこじゃらしができあがった。

魔物と触れ合ったことがない人が大半だと思うので、ワイヤーが長いタイプのねこじゃらしだ。

先端には羽とセロハンが何個もついていて、動かすたびにシャラシャラと音が鳴って猫の興味を引くようになっている。

「バッチリ、想像通りの出来だ！」

猫の神様が授けてくれた固有スキル、【創造（物理）】。

名前の通り、太一が頭の中で思い描いたものを現実のものとして作ることができる。

できあがったねこじゃらしを見て、ルークが『なんだそれは』と怪訝《けげん》な顔をする。

（やっぱりルークは犬系だからねこじゃらしにはそそられないのかな？）

試しにルークの前でねこじゃらしを振ってみるが、特に反応はしない。大変残念だ。

「まあ、ものは試しだ！　アーツさんに言って、フォレストキャットと遊ばせてもらおう！」

宿の一階に行くと、受付には誰もいなかった。

すぐ隣にある食堂に、三匹のフォレストキャットがいた。アーツは横にある厨房《ちゅうぼう》で夕食の仕込みをしているようだ。

宿泊客は朝食付きで、希望者のみ夕食を出してもらうことができる。

どうやら今日の夕飯はシチューのようで、いい匂いが太一とルークの鼻をくすぐった。

『なかなかいい匂いだな』

「夕食が楽しみだ」

太一とルークが話しながら食堂に入ると、フォレストキャットが『にゃー』と鳴いた。

「あれ、タイチさん！　どうしましたか？」

鳴き声に気づいたアーツが厨房から顔を出したので、太一は作ったねこじゃらしを見せる。

「もしかして、それがフォレストキャットと触れ合うためのアイテム……ってことですか？」

「そうです。それで、その……遊んでみてもいいですか？」

そう言って、フォレストキャットに視線を送る。

『にゃう？』

（うぅっ、かんわいいいいぃぃぃっ!!）

ぱっちりおめめのフォレストキャットに見つめられて、太一はメロメロだ。

すぐにアーツから「もちろん」と許可が下りたので、さっそくねこじゃらしで遊ぶことにする。

三匹いるフォレストキャットは、床にちょこんと座っている。体長は、それぞれ五〇センチほどだろうか。

抱っこしたい衝動にかられるが……いきなりそんなことをしては驚かせてしまうので、ここはぐっと我慢だ。

（猫ちゃんに嫌われたら生きていけない……！）

「ほーら、楽しいおもちゃだよ」

太一はしゃがみ込んで、机の脚の陰からねこじゃらしを見せたり隠したりしてみせる。すると、フォレストキャットの耳がぴくりと反応した。

（お、これは手ごたえありだ……！）

猫を前にすると、ドキドキワクワクしてしまう。

ただ、太一が知っているのは猫カフェの猫と、野良猫くらいで……一般的な飼い猫がどんなものかはわからない。

もちろん、テイミングされた魔物なのでまったく違うという可能性もある。

太一がこまめにねこじゃらしを動かすと、カシャカシャと音がする。これは猫が好きな音で、夢中になってしまうのだ……と、言われている。

（猫って、俺くらいのねこじゃらしテクだとあんまり遊んでくれないから……!!）

――という不安があったのだが、三匹は動くねこじゃらしに狙いを定めている。

結果、一匹のフォレストキャットが低姿勢からとびかかってきた！

『にゃうっ！』

「おぉっ!!」

あまりにも一瞬でフォレストキャットが釣れて、太一は大歓喜だ。

『にゃううっ！』

(すごい、俺のねこじゃらしにこんなに嬉しそうに飛びついてきてくれるなんて!!)

感動の涙が止まらない。

『にゃにゃんっ』

それを見ていたアーツが、驚いた顔を見せる。

「わ、すごい。こんなに楽しそうに遊んでる姿は、初めて見たかも」

「本当ですか!?　俺もこんな楽しそうにじゃれついてもらえたの、初めてで……あっやばい、油断してたら涙が……」

嬉し涙だ。

いつもはもっとドライな反応をされていることが多かったので、こんなに嬉しいことはない。

もっとじゃれついていいんだぞと、太一はねこじゃらしを振り回す。

猫カフェではフェイントを利かせないと見向きもされなかったのに、今は振り回すだけでアイドル状態だ。

『にゃ！』

『みゃう〜〜っ』

残り二匹のフォレストキャットもやってきて、夢中で太一の動かすねこじゃらしに、かわるがわる跳びかかってくる。

これは大成功どころではない。革命と言ってもいいのかもしれない。

『にゃっ！』

『にゃううっ』

『みゃ！』

「あああぁぁ可愛い、可愛いよおおぉぉぉ」

こんなに喜んでもらえるなら、もっとねこじゃらしを用意しなければいけない。

（それだけじゃない……ボールやトンネル、ほかの猫おもちゃも作ってあげたい!!）

太一の創作意欲と猫愛に火が点《つ》いた。


太一はフォレストキャットをテイミングするのは明日にし、まずは猫のおもちゃ作りをすることにした。

フォレストキャットが喜んで遊んでくれるのならば、身を粉にして働いたって構わない。

そんな太一を、ルークがため息をつきながら見る。

『顔がだらしないぞ、タイチ』

「え、そう……かな」

太一がルークを振り返ると、にへへと笑った顔。

自分の顔を手でさわり、確かにだらしなかったかもしれないと思う。けれど、だからといって引きしめるのは無理だ。

(だって、俺の膝でフォレストキャットが寝てるんだから〜〜!)

もっと猫のおもちゃを作ると太一が告げたところ、それなら実際にすぐ遊ばせられるように……と、アーツがフォレストキャットを一匹よこしてくれたのだ。

頭の上に葉っぱがついている可愛らしい猫だ。

先ほど太一がねこじゃらしでたくさん遊んだからか、とても懐《なつ》いてくれている。今は太一の膝の上で丸まって、とても気持ちよさそうに熟睡している。

(膝がぬくぬくで、あったかい……!)

たくさん撫でてあげたいが、猫は撫ですぎると怒ると本に書いてあったので……我慢しながらおもちゃを作っているというわけだ。

「そういえばルーク」

『ん?』

「フォレストキャットとは会話ができるのか?」

通常テイミングした魔物とは、スキルで会話をすることが可能だ。しかし、知能が低く、言葉を理解していない場合は会話をすることができない。

太一がテイミングしている魔物でいうと、ベリーラビットは言葉を話すことができない。少し寂しいが、太一の言っていることはなんとなく理解はしてくれている。

ルークはフォレストキャットを見て、首を振る。

『そこにいるフォレストキャットには、無理だろうな』

「え？」

ルークの言い方に、太一は首を傾げる。

「個体によって違うってことか？」

太一の問いに、ルークは頷く。

『フォレストキャットは、確か群れで移動するはずだ。そこのボスとなら、会話ができたはずだ』

「なるほど……」

つまりフォレストキャットをテイミングするならば、群れごとまとめてしたほうがいいということだろうと太一なりの解釈をする。

（離れ離れはかわいそうだもんな）

たくさんフォレストキャットをテイムできそうで、思わず顔がにやけてしまう。

しかも、そのうちの一匹とは会話もできるというのだから、楽しみでしかたがない。今まで猫の気持ちはまったくわからなかったが、それを聞くことだってできる。

（猫と……会話か……）

そう考えると、なんだか緊張してしまう。

猫の神様とも話をしたことはあるが、あれはまた別次元のすごさがあったし、神様なのでノーカウントだ。

（あ、ということは……猫のおもちゃの感想を聞いて、改良していくこともできるんじゃないか？）

テイマーってすごい!!

そう思わずにはいられない。

『また顔がにやけているぞ。今はおもちゃを作るんだろう？』

「あ、そうだった」

ルークはふんと息をついて、ビーズクッションに顎《あご》をのせて休む体勢になった。それを見て、太一は少し猫のことで熱くなりすぎたかなと反省する。

まあ、ルークに寂しい思いをさせた——なんて言ったら、孤高のフェンリルだぞ！　と、怒られるのが目に見えている。

その姿が簡単に想像できてしまって、ちょっと笑える。

「せっかくだし……【創造（物理）】」

太一がスキルを使うと、手の中に現れたのは『フライングディスク』だ。これならば、広い草原でルークと一緒に遊ぶことができる。

太一がねこじゃらしやボール、トンネルを作ると言っていたのを聞いていたルークは、今度はなんだ？　と、ジト目で見てきた。

「これはルークと遊ぶ用の、円盤」

『なにっ!?』

太一が用途を説明すると、ルークの耳がぴくぴくっと動く。

どうやら、太一の意識が自分に向いたことが嬉しくて仕方がないようだ。

「でも、広い草原みたいなところじゃないと試せないんだけど……」

『なんだ、そんなのオレが走れば一瞬だ！　普段なら遊ぶなんて子どもっぽいことはしないが、せっかくタイチがスキルで作ったものだからな……試さないのはもったいないだろう！』

そう言うルークの顔には、すぐ行こう、さあ行こうと書かれている。寝そうな感じだったのに、今はもうカッと目を見開いているし、尻尾も揺れている。

（こっちも可愛すぎるだろう……）

今から草原に行くのはいいが、フォレストキャット用のおもちゃも作ってしまいたい。とりあえず、ボールとトンネルだ。

「ちょっと待ってくれ、ルーク。おもちゃも二種類作るから……【創造（物理）】」

太一がスキルを使って、ボールとトンネルを作り出す。

ボールは毛糸で作られたもので、中に鈴が入っていて転がすとチリンチリンと音がする。

トンネルは、一メートルほどの長さがあり、少しカーブをしているタイプ。ビニール素材でできているため、中を歩くとカシャカシャ鳴って楽しく遊ぶことができる。

ボールは猫カフェにあったから何度か太一も使ったことがあるが、トンネルは猫が楽しそうに遊んでいるのをネット動画で見たことがあるだけ。

（楽しんでくれるといいんだけど……）

太一がボールを持つと、チリリンと音が鳴る。それを聞いて、膝の上にいたフォレストキャットが顔を上げた。

どうやら、鈴の音を聞いて目が覚めたようだ。

そのつぶらな瞳が、『そのボールは何？』と訴えかけている。

チリンと音が鳴るのが気になってしかたないらしい。

「…………」

試しに太一がボールを投げてみると、チリリリンと音を立てて転がっていく。フォレストキャットの耳がピンと立ち、ひと呼吸おいてからダッシュでボールへ跳びついた。

前足でちょんちょんとボールに触れて、チリンと鳴るのを楽しんでいるようだ。

（可愛いっ！）

思わずきゅんと、ときめいてしまう。

そんな太一を見て、ルークがぐいっと腕に鼻をこすりつけてくる。

『フォレストキャットのおもちゃを作り終わったのなら、そのフライングディスクとやらを早く試すぞ！』

「ああ、わかったわかった！」

ハンガーにかけておいた上着を羽織り、太一はフォレストキャットを呼ぼうとして――まだボールで遊んでいた。

さすがに出かけている間、太一の部屋で一匹……というわけにもいかない。

どうしたものかと悩んでいると、ちょうどアーツがやってきた。

「チリンって、なんの音……って、すごく楽しそうに遊んでますね」

ボールにじゃれついているフォレストキャットを見て、アーツは驚く。やっぱり、今までこんな風に遊ぶことはなかったようだ。

「戦闘訓練ならやらせたことはあるんですけど、こういうものだと喜ぶんですね。……知りませんでした」

感心しっぱなしだ。

「楽しんでもらえてよかったです。これなら、お客さんがボールを投げて遊ばせることもできますしね」

「ああ、確かに。ボールを投げるだけなら、近寄るのが怖いという方でもできますもんね」

いきなり触れるのはちょっと……という人もいるので、まずは遠くから愛らしい姿を眺めて好きになってもらうのも作戦のうち。

それと、今から少し出かけることをアーツに伝える。

「すみません、ちょっとルークと出かけてきます。夕飯までには戻るので……」

「ああ、わかりました。フォレストキャットをテイムするんでしたっけ」

「それは明日にして、今はルークと遊んで――いや、運動ですかね。してきます」

遊ぶと言ったら怒られてしまうかもしれないので、急いで運動に変える。これなら、鍛錬をしているニュアンスに近いので大丈夫だろう。

アーツはルークを見て、確かにと微笑《ほほえ》む。

「いってらっしゃい。――あ、このボールお借りしていてもいいですか？　僕も少し遊んでみたくなっちゃって」

「もちろんです。トンネルも作ったので、みんながいるところに置いてあげてください。もしかしたら、入って遊んでくれるかも……」

太一の希望がかなり入っているが、前に広告で見た猫トンネルは、99％の猫が大好きに！　という謳《うた》い文句が入っていたはずだ。

「わかりました、トンネルも試してみます！」

「ぜひ感想も聞かせてください！」

「もちろんです。今日会ったばっかりで、しかも宿のお客さんなのに……ありがとございます、タイチさん」

「いえいえ、こちらこそ」

フォレストキャットと触れ合えただけで、太一はかなりの満足度だ。

アーツと二人でのほほんと会話をしていたら、またもルークに鼻でつつかれ急《せ》かされてしまった。


街の門を出て、ルークの背中に乗って一時間ほど。

小高い丘の上にある、見晴らしのいい草原へとやってきた。柔らかな草花が咲き、心地よい風が太一の頬を撫でる。

今は夕方だけれど、大地に体を預けて昼寝をしたらきっと気持ちがいいだろう。お弁当を持って、従魔たちと遊びに来るのもいいかもしれない。

しかし景色を楽しむ間もなく、ルークが太一の周りをうろちょろ回る。

『それで、そのフライングディスクとやらはどうやって使うんだ？』

ルークは初めて見るフライングディスクに興味津々のようで、じぃぃぃと見つめてくる。今まで、こんなにルークの視線を集めたことがあっただろうか。

（もしやデレタイムなのか？）

とても楽しいし、嬉しい。

太一は笑いながら、口で説明するより実際にやって見せたほうがいいだろうと考える。

「やってみるから、ちょっと見ててくれ」

『ふむ？』

フライングディスクを構えてシュッと前に向けて投げる。ちょうどいい風が吹いていることもあって、その飛距離は七〇メートルほどだろうか。

「おお、すごい飛んだな〜！」

フライングディスクなんてほとんどやる機会がなかったので、太一は思わず自分の腕に感動する。

走ってフライングディスクをとってきたら、今度はルークに遊び方を説明する番だ。

「今みたいに俺がフライングディスクを投げるから、ルークはそれをキャッチするんだ」

『は？』

「えっ……」

思わず真顔になったルークに、太一は思わずうっとなる。

(まあ、この世界じゃこんな遊びはないんだろうけど……)

そこまで意味不明だという顔をしなくても……と、太一は口を尖《とが》らせる。

「とりあえず、一回やってみよう！　そうすれば楽しさがわかるかもしれないし！」

『まあ、タイチがそこまで言うなら付き合ってやってもいいぞ！』

「ああ、よろしく。いくぞ――それっ！」

太一は先ほどよりも大きく腕を振り上げて、フライングディスクを飛ばす。今度はもっと遠くまで飛ばせるかもしれない！　そんな期待に胸を膨らませた瞬間――


パクッ！


――っと、ルークがほんの数メートルのところでフライングディスクをキャッチしてしまった。尻尾を思いっきり振りながら、どや顔をしている。

しかし、しかし……！

「そうじゃない……!!」

いや、そうかもしれないけれど……確かにルークは簡単にキャッチできてしまうかもしれないけど……!!

『簡単じゃないか』

あっけらかんと言うルークに、さすがにフライングディスクを考えた人も、フェンリルがやってみることの想定まではしていなかっただろう。

(こうなったら作戦変更だ)

ちゃんと説明しよう。

普通にキャッチするだけでは、ルークには物足りない。

「いいか、ルーク。このフライングディスクという遊びは、落ちる直前でキャッチするゲームなんだ」

『落ちる直前？』

「そうそう。地面すれすれでキャッチしたほうがすごいゲームなんだ」

『変わったゲームだな』

ルークは鼻を鳴らして、『もう一度だ』と言う。

どうやら、今の説明を理解してくれたらしい。これなら、フライングディスクを遠い位置でキャッチしてもらえるだろう。

太一はほっとしながら、「もう一回だ！」と声をあげる。

『ああ、いいぞ。地面ギリギリでキャッチしたほうが美しいんだろう？』

「美しいかはわからないけど、そのほうが楽しい！」

ということで、太一は再びフライングディスクを投げる。

「それっ！」

今度はもっと腕を大きく振って、できるだけ遠くへ飛ばすように意識する。

ルークは飛んでいくフライングディスクをじっと見て——しかし、動かない。その間に、フライングディスクは風に乗ってどんどん遠くへ行ってしまう。

「えっと、ルーク？　キャッチするんだぞ？」

心配になって太一が「わかってるか？」と問いかけると、ふんっと鼻息で笑われた。

『オレの足ならば、あれに追いつくくらい造作もない』

そう宣言したルークは、フライングディスクが六〇メートルほどの距離まで行き、落ち始めてから大地を蹴った。

そしてものすごい速さで、フライングディスクへ追いついた。

「おおぉっ！」

太一も思わず歓声をあげてしまう。

気を抜いていたら、太一はルークの動きを追うこともできなかっただろう。それほどまでの瞬発力だった。

ルークはたった数秒でフライングディスクのもとへ行き、地面スレスレでキャッチしてみせた。

「は〜、すごいな」

改めてルークの速さを目の当たりにして、いつも自分を乗せているときは、本当に気を使って走ってくれていることもわかった。

（口ではいろいろ言ってくるのに、行動は優しいんだよな）

ルークがフライングディスクをくわえて戻ってきたので、太一はよしよしと首まわりを撫でてもふもふしてあげる。

「さすがルーク！　一発でここまで上手くできるとは!!」

『当たり前だ！　オレは気高いフェンリルだからな、こんなことは朝飯前だ』

太一に褒められたことが嬉しかったようで、ルークはぶんぶん尻尾を振る。

『ほら、早くもう一回投げろ！　今度はもっと遠くまで飛ばしてもいいぞ』

「ん？　よーし、いくぞ！」

もっと遠くまで飛ばすのは難しいかもしれないが、また投げるのは問題ない。

今度は少し助走をつけて、勢いを乗せフライングディスクを投げる。

「いっけえええぇぇぇっ！」

――が、逆に力が入りすぎたようで、今度は三〇メートルほどのところで落ちてしまった。

ルークはあっさりとキャッチし、『これがお前の全力なのか？』といった顔で太一のことを見てくる。

運動不足の元社畜に、そんなハイスペックなフライングディスクを求めないでもらいたい。

「ごめん、なかなか上手く投げられないな……」

『投げるのは難しいのか？』

「うーん、投げるのは簡単だけど、遠くまで飛ばすのが難しいんだ」

『なるほど』

ルークは口にくわえたフライングディスクをぶんぶん振り回し、ぽいと投げた。その距離は一〇メートルほどで、確かに遠くへ飛ばすのが難しいことがわかったようだ。

『……むう』

「難しいだろ?」

まあ、もう一回投げるからフライングディスクを貸して——と太一が言いかけると、コツを掴《つか》んだのか……ルークがもう一度フライングディスクを投げた。

しかも、今度はその飛距離がゆうに一〇〇メートル——いや、もっと遠くまで飛んでいる。

『なんだ、簡単ではないか!』

「うっそん」

どや顔のルークに、太一は開いた口がふさがらない。

(でも、そうだよな……ルークのほうが百倍以上運動神経がいいもんな)

『ほら、オレが投げたんだから取ってくる役はタイチだぞ』

「いや俺の体力をなんだと思ってるんだ?」

無理です。

これでもかというほどフライングディスクで遊んだ太一とルークは、へとへとになりながら宿へと戻ってきた。なお、へとへとなのは太一だけだ。

ルークは思いのほかフライングディスクを気に入ってくれたようで、尻尾をぶんぶん振って機嫌がいい。

フォレストキャット亭に戻ると、中から「可愛い〜！」とテンションの高い声が聞こえてきた。

どうやら、声は食堂からしているようだ。

「なんだろう？」

『オレたち以外に客はいないのかと思ってたぞ』

「さすがにそれはないだろ……」

お客さんが少ないというだけで、ゼロというわけではないはずだ。

太一が食堂を覗くと、アーツと数人の女の子がねこじゃらしとボールを使ってフォレストキャットと遊んでいるところだった。

（おおっ！　俺の作った猫おもちゃが大人気だ!!）

太一がこっそり入り口から遊ぶ様子を見ていると、気づいたアーツが手を上げた。

「おかえりなさい、タイチさん」

「ただいま。おもちゃ、かなり人気みたいだね」

「そうなんですよ。みんなめちゃくちゃ遊びたいみたいで……あ、紹介しますね。僕の妹の、ルーシーです」

アーツの紹介を聞いて、そういえば宿は兄妹《きょうだい》でやっていると言っていたことを思い出す。

「あなたが、おもちゃを作ってくれたタイチさん？　私はルーシー、宿の手伝いをしながら冒険者をしてるの」

「タイチです、よろしく。おもちゃを気に入ってもらえたみたいで、よかったよ」


アーツの妹で、冒険をしたいお年頃なルーシー。

黄緑色の髪と、セピアの瞳はアーツと同じ。髪はポニーテールにしており、衣服はエプロンをつけてはいるが、確かに近場で狩りをするくらいならば問題はないだろう。

元気いっぱいの、一五歳の少女だ。


それから、ルーシーと一緒にいるのは二人の女の子だ。

「こっちの二人は、私の冒険者仲間よ！」

「マリリアです。フォレストキャットって、こんなに可愛かったんですね！」

「私はビアンカ。もう、これからはフォレストキャットと戦えない……っ！　いっそテイマーだったらよかったのに!!」

どうやら彼女たちはフォレストキャットの魅力に気づいたようだ。

「タイチです、よろしくお願いします。フォレストキャット、可愛いですよね」

「「とっても!!」」

太一の言葉に、マリリアとビアンカの二人が声をハモらせる。よっぽどお気に入りになってしまったようだ。

アーツを見ると、トンネルをくぐって遊ぶフォレストキャットを嬉しそうに見ている。

（トンネルも楽しそうに使ってくれてる……やっぱり猫は最高だ……）

ひとまず猫の神様に祈りを捧《ささ》げておく。

今の状況を考えると——猫と触れ合える宿、というのは成功する可能性が高い。こんなにすぐ虜《とりこ》になってしまう人がいるのだから、口コミで客も増えるだろう。

となると、もう少し猫に特化した宿にしてもいいのでは……と、考える。

（でも、さすがに客室へ自由に出入りさせるのはよくないな）

フォレストキャットの移動範囲は、受付と食堂のある一階部分。それから、二階も廊下であれば問題ないだろう。

部屋から出て猫がいたら、朝からやる気もテンションもマックスだ。

想像して、自然と太一の頬が緩む。

となると、必要なのは……キャットタワーだ。

ただ、太一のスキルでほいほい作るのはあまりよくない。簡単なおもちゃくらいであればいいが、立派なものだとただであげるわけにもいかなくなる。

（難しいところだな……）

兄妹二人でやっている、ちょっとさびれた宿。できれば費用は抑えたいだろうし、お手軽にできるもの——と考え、閃《ひらめ》いた。

「キャットタワーを、壁に板をつけるタイプにしたらいいんじゃないか？」

太一がぼそりと言葉を漏らすと、ルーシーが「板？」と反応した。

それに、太一は頷きながら説明をする。

「猫って、上下運動や高いところが好きなんですよ。だから、壁に何枚か板をつけて階段みたいにできたらいいかな……って思ったんですけど」

そこを猫が移動する姿を見るだけでも癒されるし、ただの廊下も猫宿っぽくなるので一石二鳥だと太一は考える。

「へぇ……それくらいだったら、私にもできると思う」

「おおっ！　それは頼りになる！」

ルーシーがぐっと拳を握りしめる。

「宿はいつもお兄ちゃんに任せっぱなしだったから、それくらいはね！　裏に木材があるから、一緒に見てもらってもいい？」

「あ、それはもちろん。でも、そんな簡単に決めていいの？」

宿の経営方針に関することだし、自分で言い出したことだが、もっと慎重になったほうがいいのでは……と、太一が心配する。

壁に板を打ちつけたら、釘《くぎ》の穴だって開いてしまう。

けれどルーシーはあっけらかんとしていて。

「大丈夫！　それに、やっぱりお客さんが少ないのは寂しいし……お父さんとお母さんが残してくれた宿だから、潰《つぶ》れさせたくないんだ。冒険者してる私が言っても説得力はないかもしれないけどねっ！」

ルーシーの言葉に、そんな事情があったのかと太一は口を閉じる。

(お父さんとお母さんが残してくれた宿、か)

かなり責任重大ではないだろうか。

でも、そんなルーシーの気持ちは大事にしたいとも思う。

……となると、太一にできることはフォレストキャットと遊べるおもちゃや設備のアドバイスを可能な限りすることだ。

「ねこじゃらしって、私もお兄ちゃんも初めてだったんだよ。こんなに反応してくれるとは思ってなかったから、すごく嬉しかったんだ」

ルーシーが話すと、アーツもこちらにやってきた。

「タイチさんが出かけている間に、少しルーシーと話したんです。こんなに可愛いフォレストキャットを、知ってもらえないのはもったいない！　って。だから、ここはフォレストキャットと遊べる宿にすることに決めました」

これも太一のおかげだと、アーツが微笑む。

「だから、その壁に板をつけるっていうのもお願いします！　いや、お客さんにこんないろいろしてもらうのは駄目かもしれないですが……」

「いえ、全然！　俺も従魔と触れ合えるカフェをしてるので……嬉しいです。もふもふの魔物と触れ合える場所が、もっともっとできたらいいなって思ってます」

「タイチさん……ありがとうございます！　頑張ります!!　宿が軌道に乗ったら、ルーシーと一緒にカフェに遊びに行かせてもらいますね」

「わ、ぜひ！」

太一とアーツはがしっと手を取り合って、もふもふを世界に広める決意をした。


「よっせーい！」

スコン！

と、とてもいい音が辺りに響いた。

宿の裏庭で、ルーシーが壁につけるキャットタワー用の板を用意してくれているところだ。

木材を斧《おの》でいい感じの大きさにして、さらにいい感じにノコギリで形をとって、仕上げにいい感じにやすりで磨けばできあがりだ。

ルーシーが手際よく作業してくれたので、あっという間に板の準備が終わった。

「上手いね」

「これくらいはね。薪《まき》割りは私の担当だし。……実はお兄ちゃん、運動神経はそんなによくないんだよね」

だから家事全般をアーツがやって、こういった仕事はルーシーがしているのだと教えてくれる。

もふもふカフェは、ほとんどが太一だけでやっているので、そういった面は少し羨《うらや》ましいなとも思う。

とはいえ、太一には便利なスキルがたくさんあるので、一人で何人分も働けている気はするけれど。

「それに……私はあんまり宿の手伝いをできないから、こうやって役に立てるときは頑張らないと！　と思って」

「まだ若いのに……偉いなあ」

太一が感心すると、ルーシーは「そんなことはないわ」と首を振る。

「私よりも、お兄ちゃんのほうが何倍も苦労してるし……大変だと思う。しかも私は冒険者になりたくて、いっつも心配をかけてばっかり！」

アーツとしては、あまり危険な仕事はしてほしくないと思っているようだ。両親を亡くし、二人きりの兄妹だからそれも仕方がないのかもしれないが。

「だけど冒険者になりたいんだから、どうしようもないのよね」

言いながら、ルーシーはノコギリなどの道具を片付ける。太一もそれを手伝いながら、冒険者になりたい理由が何かあるのだろうかと疑問に思う。

(冒険者なんて、いつ死んでもおかしくない職業だもんな……)

「このままずっと冒険者を？」

「先のことはあんまり考えてはいないけど……大きなお宝でもゲットできたら、お兄ちゃんに楽をさせてあげられるのに……とは思うかな」

(めっちゃいい子……！)

家族のために一攫千金《いっかくせんきん》を目指しているらしいルーシーに、やめたほうがいいと言うのも無責任だろう。

太一ができることといえば、フォレストキャットで人気の宿にするお手伝いくらいだろう。

「よし……片付けも終わったし、さっそくキャットタワーを設置しようか」

「うん！」


板が揃ったので、さっそく食堂と廊下の壁に板を設置してみた。ルーシーは日曜大工も得意だったらしく、あっという間に作ってくれた。

「お～すごい」

できあがった壁を見て、太一は拍手をする。

アーツとマリリア、ビアンカもやってきて、ルーシーの手際のよさに感心している。

「ルーシーは冒険者より大工のほうが向いていた……？」

「ちょっとマリリア、なんてこと言うのよ！」

うっかり転職を勧められそうになって、ルーシーが怒る。

アーツがそれに笑いながら、板に手を置いてその強度などを確かめていく。力を入れて押してみても、びくともしない。かなりしっかり設置されている。

「これなら、乗っても問題はなさそうだね」

アーツは足元にいるフォレストキャットを手招きして、「乗れる?」と問いかける。

すると、フォレストキャットは『にゃあ』と鳴いて床を蹴った。トンっと軽やかに板の上に乗り、トントントンと板の上を渡り歩いてみせた。

一番上まで行くと、そこが気に入ったのかころんと寝ころんだ。

「わあ～、私が作った階段、気に入ってくれたんだ!」

やった、とルーシーが喜ぶ。

様子を見ていた二匹も気になったようで、続いてキャットタワーをトントンっと登ってみせた。

『みゃっ!?』

最初に登っていた一匹は、後から来た二匹に驚くような声をあげた。

『みゃ』

『にゃ～ん』

ごめん来ちゃった、とでも話をしているのだろうか。

ほかの二匹もやっぱり一番上が好きみたいで、三匹で取り合いをしているのがなんだか可愛らしい。

『にゃうっ!』

『にゃにゃっ!』

『にゃ～!』

それを見て、ルーシーが慌てる。

「ちょっとちょっと、ほかにも設置してあるんだから仲良く使ってよっ！」

『『にゃ』』

ルーシーが注意をしたが、そんなのは聞き入れてはくれないようだ。フォレストキャットはぷいっと顔をそむけた。

「ぐぬぬ、私が作ってあげたのにその態度……！」

「猫は気まぐれだからしかたないよ。激しい喧嘩《けんか》じゃないから、様子を見たらどうかな？」

「……そうですね。まったく～！」

太一の言葉に、ルーシーはしぶしぶながら頷く。

もしかしたら、普段からもこういったことがあるのかもしれない。

（猫の気まぐれは人には理解できないからな……）

こちらは常にご機嫌を伺い、どうにか遊んだり撫でさせてもらうしかないのだ。

――が、例外はあった。

「こら、あまり迷惑をかけたら駄目だよ。おいで」

アーツがフォレストキャットたちにそう呼びかけると、三匹はすんなり下りてきた。

「おぉ～っ」

（やっぱりテイムしてるテイマーの言うことは素直に聞くのか……）

フォレストキャットを従えるアーツは、まるで神のようだと太一は思う。そして自分も、あんな

風に猫と触れ合い――さらには群れのボスとは会話ができるようになろうと決意する。

（やばい……今日、寝られないかもしれない）

フォレストキャットをテイミングしに行くのは明日だが、いっそ今からでも行きたい衝動に駆られてしまう。

（ああ、早く明日が来ますように……）

太一がそう祈っていると、アーツが「そろそろご飯にしようか」と手を叩いた。

「マリリアとビアンカも食べていってよ。今日はシチューだよ」

「わ、いただきます！」

「ありがとうございます！」


食堂に移動してシチューの匂いを嗅ぐと、太一のお腹がぐうと音を立てた。

（フライングディスクでずっと遊んで、それからキャットタワー作りだったもんな）

そりゃ腹ペコにだってなるはずだと苦笑する。

アーツが作ったシチューは絶品で、食べながら会話も弾む。その内容は、もっぱらフォレストキャットのことだ。

「タイチさんがくれたおもちゃ、頑張れば私でも作れる気がするのよね。布切れを棒の先につけても、遊んでくれそうだし」

「あ、それもいいですね。長くてヒラヒラしたものは大好きだと思いますよ」

猫のおもちゃは激しく遊ぶこともあって、比較的壊れやすい。なので、ルーシーが自分で作れるのなら一番いい。

鈴を中心に入れて毛糸をきつく巻けば、ボールのおもちゃも作ることができるだろう。

「あ、ボールに紐《ひも》をつけて、作ったキャットタワーにぶら下げておくのもいいかも！」

「それいい！」

「でしょう？　絶対に楽しく遊んでくれるわね」

提案された紐付きボールは、キャットタワーについているものも多い。

(ルーシーさんて、猫のおもちゃ作りの才能があるんじゃないか？)

ルーシーがとても楽しそうに、どんなおもちゃを作ろうか次々と話してくれる。

それを聞くのはとても楽しくて、もし次にこの宿に来たら――いったいどれくらい、すごい猫の宿になってるのだろうと考えてわくわくしてしまう。

(俺も頑張ってフォレストキャットをテイムしないとだな！)

より一層、太一はフォレストキャットのテイミングが楽しみになった。

閑話　木彫りのルーク

アーゼルン王国のフォレンで木彫りの彫刻家をしている老人、マシュー。のんびり露店を出して生計を立てているのだが、その腕前はかなりのもの。

街の端っこに小さな家を持ち、そこを住宅兼工房にしている。若いころは森へ木を調達しに行っていたけれど、今は冒険者に依頼をすることが多い。


工房の椅子に座り、マシューは日中のことを思い出す。

「あんなに立派な魔物は、そうそう見られるもんじゃないぞ」

艶《つや》やかな毛並みに、たくましい体。ウルフの魔物の中でも、かなり強い部類に入っているはずだ。

それなのに、マシューは種族を聞き忘れてしまった。

「わかるのは、従魔の名前がルークということだけか」

テイマーの名前も、聞いていない。

「せめて、さわらせてもらえばよかったか……」

しかし初対面の相手に、そんなお願いは図々《ずうずう》しいのではないかとも考える。それに、あの魔物はなかなかプライドが高そうだった。

撫《な》でさせてと頼んでも、きっと無理だっただろう。

「ウルフと一緒にされることも嫌っていたしな……」

なんという魔物だろうと考えるも、そこまで詳しくないので浮かんでこない。ウルフ系の頂点の魔物であれば、ウルフキングだろうか？

「しかし、あの毛艶はもっとすごい魔物だと言われても驚かないぞ」

白金色に輝くことなんて、普通はない。

「わしが知っている魔物で犬系となると……フェンリル？」

いやいやまさか、そんなはず。

「だが……あの美しさと生命力は、フェンリルだと言われても納得できるぞ」

しかしフェンリルは伝説上の生き物で、現在は絶滅した魔物だと言われている。もし本当にルークがフェンリルだったのなら、大発見どころではない。

「ふむ……」

あのテイマーは穏やかな人柄で、見た感じ争いごとなどは嫌いそうだとマシューは思った。

もしかしたら、ルークがフェンリルだとわかっても内緒にするかもしれない。となると、マシューからは何も言わないほうがいいだろう。

「わしは一度見ることができた、それで満足じゃ」

もしまた会うことがあったら……さわりたいと言ってしまうかもしれないが。まあ、それくらいだったら許してほしい。さわらせてもらえるかは別として。

マシューは立ち上がって、木彫りに使う木を選ぶ。せっかくなので、今日出会ったルークを彫ってみようと思ったのだ。

「なんの木がいいか……あれだけの魔物を見たあとだから、かなりの傑作が生まれそうだ。それを考えると……これか？」

鍵をかけた棚に手をかけ、マシューはとっておきの木を取り出す。

冒険者に依頼し、魔物のトレントから採取してもらった木。

艶やかな光沢と、しっとりした質感。そしてずっしりとした心地のよい重みと、わずかに感じる魔力にうっとりしてしまう。

いつの日か彫る最高傑作のために用意しておいた、大切な素材だ。

「これを使うタイミングは、今しかなさそうだ」

ルークを見たときに感じた、作りたいという欲求。それに素直に従って、マシューは作業台へ向かう。

簡単なあたりを取り、ゆっくり慎重に削っていく。

毛並みの一本一本を再現できるほど細かく、けれどルークの荒々しさを表現できるよう、ダイナミックに。

「これはなかなか骨の折れる作業だ」

気づけば、いつもより早く額に汗が滲《にじ》む。

木自体はそこまで堅くはなかったのに、掘るとその重みと深さがよくわかる。一瞬でも気を抜けば、手が滑って素材を台無しにしてしまいそうだ。

素材に飲み込まれてしまうような、そんな感覚もある。

「これがトレントの素材か……」

何度も深呼吸をして、集中力が途切れないよう作品に向かう。とても疲れる作業ではあるが、それ以上にどんどんやる気がみなぎってくる。

「若いころに戻ったみたいだ」

そう言って、マシューは額の汗を拭《ぬぐ》う。

それから作業に没頭し数日――無事にルークの木彫りの置物が完成した。

「お、これは見事なもんだな」

マシューができあがったルークの木彫りの置物を露店に置くと、二人組の兵士が足を止めた。フオレンで門番をしている兵士だ。

「この前、こんなウルフを連れた兄ちゃんが来たな」

「ああ！　あのでかさのウルフ系の魔物は初めて見たから、よく覚えてる」

どうやら二人は、太一《たいち》がフォレンの街に入ったときに門で仕事をしていたようだ。

自分以外にもルークのことを知っている人を見て、マシューは声をかける。

「お前さんたちも、あの大きな従魔を見たのかい？」

「やっぱりあれがモデルだったのか！」

「上手《うま》く作るもんだなぁ」

マシューの言葉に、二人はすぐ頷《うなず》いた。

「この街だとテイマーはそんなに珍しくないが、ほとんどが荷物運搬のためだろう？　だから、普通に従魔を連れているだけでも結構珍しいんだ」

「だろうね。わしも、あれほどの魔物は初めて見たよ」

どうしても忘れられず、ついつい木彫りをしてしまったとマシューは笑う。

「まあ、あれだけ立派な魔物だからな……その気持ちはわかる」

「よくできてるもんな。でも、値段がついてないぞ？」

ほかの木彫りの置物には一つずつ値段がついているが、ルークの木彫りの置物には値段がつけられていない。

マシューはルークの木彫りを手に取って、「そうだねぇ……」と言葉をもらす。

「わしの中でも、値段がついていなくてね。もしまたあの魔物に会えたら、もらってくれるだろうかとか、そんなことを考えてしまうよ」

「すごいといっても、魔物だぞ？」

「さすがに魔物は木彫りの置物はほしがらないんじゃないか……？」

テイマーのほうだったらわからないが。

兵士二人がそう言って笑うと、マシューは首を振る。

「あの子は賢い子だったから、テイマーに間に入ってもらえば会話だってできるさ。もちろん、そんなものはいらないと言われてしまう可能性はあるがね」

マシューの言葉に、兵士たちはなるほどと頷く。

「そういえば、テイマーには魔物と会話する専用のスキルがあったな」

「テイマーとはそう知り合う機会もないから、そういうスキルがあることを忘れてた。確かに、それなら従魔に聞くこともできる」

そう考えると、なかなか不思議な体験だ。

「なら、俺は従魔が気に入るほうにでも賭けるかな」

「あ、ずるいぞお前。俺も気に入るほうに賭ける！」

「こらこら、勝手に賭けの対象にするんじゃない」

兵士二人は、マシューが丹精込めて作ったこの置物であれば、ルークも気に入るのではと考えてくれたようだ。

そのことは、純粋に嬉《うれ》しい。

「今度、結果がわかったら教えてくれよ」

「あ、門に来たらここへ来るように伝えるか？」

どうやら、伝言までしてくれるようだ。

しかし、そこまでしてあのテイマーと従魔に無理に見せたいというわけでもない。マシューは首を振って、必要ないことを伝える。

「もし偶然会う機会があれば、くらいでいいんだよ。わしが勝手に惚《ほ》れ込んで作っただけだからね」

「そうか？　こんなにいい出来なのに、なんだかもったいないな」

「お前さんたちが見てくれただけで、十分さ」

そう言って、マシューは微笑《ほほえ》んだ。

2 フォレストキャットを求めて

翌日、太一《たいち》はさっそくフォレストキャットが生息している森へとやってきた。

ここはアーゼルン王国の中心にある森で、空を見上げると太陽がほとんど見えないくらい木々が生い茂っている。

ここにはフォレストキャットをはじめ、森にちなんだ魔物が多く生息している。

冒険者も多く、森の浅いところでは新人が薬草採取の依頼を受けることもよくあるのだという。

ただ、深い場所には強い魔物も出てくるため、注意が必要だ。

『美味《うま》そうな獲物がいればいいんだが』

弾むルークの声に、太一が「違う！」と声をあげる。

「待て待て、今日は食べ物じゃない。カフェの店員になってくれるフォレストキャットをテイムしに来たんだぞ」

『わかっている！　ついでにドラゴンが狩れたらラッキーだなくらいだ』

「ついでにドラゴンが出てきてたまるか！」

こっちはルークみたいに強くない。

（でも、ルークは簡単にドラゴンも倒しちゃうんだよな）

その強さは圧倒的で、太一はこれまでに何度も助けられている。

それは戦闘面だけではない。

ルークがいなければこんなに簡単にアーゼルン王国まで来ることはできなかっただろうし、最初に転移した危険な森から街に行くこともできなかったかもしれない。

この出会いは、まるで奇跡のようだったんだと後になり太一は改めて思ったほどだ。

できることなら、また美味《おい》しいドラゴンステーキを作ってあげたい。

(でも、俺のいないところで狩ってくれたら嬉《うれ》しいんだが……)

ルークがいるから安心だとわかっていても、ドラゴンと対峙《たいじ》するのは怖いものだ。

『奥に行ってみるか？』

「ん、んー……」

ルークの問いかけに、太一は悩む。

聞いた話だと、フォレストキャットは弱くテイミングがしやすい部類に入る。そう考えると、あまり奥に行かないほうが遭遇できそうな気がするからだ。

太一は首を振り、森の浅いところを探してみることにした。


そしてフォレストキャットを探して森の中を歩き——二時間。

「あれぇ、一匹もいないぞ？」

宿を出るときアーツに聞いたけれど、フォレストキャットの数は多く、数十分もすれば一匹目に会うはずだと言っていた。

それが二時間経《た》っても出会えない。

「どうなってんだろ……俺たち、森を間違えた？」

まさか、そんなはずはない。

太一はう～んと悩み、そういえば……と、自分のスキルを確認してみる。

「便利なスキルがあった気がする。【ステータスオープン】」

すると、太一の前にホログラムプレートが現れた。そこには、太一の情報がずらっと記載されている。

見てみると、【索敵：魔物】というスキルがある。

「なるほど、このスキルを使うと魔物……つまりフォレストキャットの位置がわかるってことだ」

今までそれほど不自由はしていなかったので、一度も使ったことがなかった。しかし今後、ピンポイントにもふもふの魔物をテイミングするためには必要なスキルかもしれない。

『なんだ？』

「ああ、スキルでフォレストキャットがいないか見てみようと思ってさ」

『そんなスキルまで持っているのか……』

やれやれといった様子のルークに、太一は苦笑する。

(もしかしてもしかしなくても、これってレアなスキルなのか？)

まあ深く考えずに、使える便利スキルを持っててよかったー！　と、思うことにしよう。

氏名・年齢

タイチ・アリマ / 28歳

職 業

もふもふに愛されし者

固有スキル

【異世界言語】	Lv∞	異世界で会話・文字の読み書きを行うことができる。
【慧眼】	Lv∞	すべてを見通すことができる。
【もふもふの目】	Lv∞	もふもふの魔物・動物と視界を共有できる。
【創造(物理)】	Lv∞	無機物であればなんでも作れる。
【お買い物】	Lv∞	猫の神様に日本でお買い物をして来てもらえる。

職業スキル

【テイミング】	Lv∞	魔物をテイミングすることができる。
【会話】	Lv∞	テイミングした魔物と会話をすることができる。
【調教】	Lv∞	仲間の魔物が命令を聞いてくれる。
【索敵:魔物】	Lv∞	魔物の居場所がわかる。
【やっちまえ!】	Lv∞	仲間の攻撃力が上がる。
【慎重にいこう!】	Lv∞	仲間の防御力が上がる。
【絶対勝てる!】	Lv∞	仲間の魔法攻撃力が上がる。
【ヒーリング】	Lv∞	テイミングされた魔物を回復する。
【キュアリング】	Lv∞	テイミングされた魔物の状態異常を回復する。
【ご飯調理】	Lv∞	魔物の食事を作ることができる。
【おやつ調理】	Lv∞	魔物のおやつを作ることができる。

「んじゃ、使ってみるか。【索敵：フォレストキャット】！」

スキルを使用すると、太一の目の前にホログラムプレートが表示された。

しかも地図上に、自分の居場所とフォレストキャットがいる場所が浮かび上がっているという優れものだ。

「うわっ、想像していた以上に便利なスキルだな……」

猫の神様が授けてくれたテイマーのスキル、【索敵：魔物】。

魔物を指定すると、自分の周囲にいる対象を地図にして表示してくれる。

地図を見てみると、周囲に数匹ずつ固まっているフォレストキャットが目に入る。どうやら、近くにいることはいたようだ。

（なんで遭遇しなかったんだ？）

よっぽどタイミングが悪かったのだろうか。

太一が落ち込むと、ルークが『どうだ？』と確認してくる。

「うん、近くに数ヶ所、群れでいるっぽいんだけど……どうして会えなかったんだろうな？」

太一がスキルで確認した結果を伝えると、ルークが鼻をぴくぴくさせ始めた。もしかしたら、その嗅覚で何かがわかるかもしれない。

（そういえば、前もドラゴンの匂いを嗅いでたな……）

最初からルークにフォレストキャットを探してもらえばよかったのかもしれないが、自分の足で歩いて猫を見つけたいという太一なりの欲もあった。

とりあえず、ルークの判断を待ってみる。

『何か、強い魔物がいるみたいだな。それに怯《おび》えて、弱い魔物は隠れているんだろう』

「なるほど、そういうことか」

言われてみれば、フォレストキャットのような弱い魔物とは全然出会っていない。ルークが倒してくれたので事なきを得ていたが、遭遇したのは強い部類の魔物ばかりだった。

となると――

「もしかして、その強い魔物を倒さないとフォレストキャットは巣穴から出てこない？」

『その可能性はあるな』

「ｏｈ……」

なんてこったい。

さすがにそれは大問題なので、どうにかしたいところだ。

（でも、その強い魔物ってなんだ？）

ルークが強いと言うくらいだから、かなりやばい相手なのかもしれない。それこそ、ルークでもピンチに陥ってしまうような……？

そう考えただけで、背中にぞくりとしたものが走る。ぶんぶん首を振って、悪い考えを頭の中から追い出す。

『とりあえず、倒しに行ってみるか』

「え？」

『なんだ、ぽかんとして』

「いや、強い魔物だっていうから……ルークでも厳しいのかもしれないと思って」

太一が正直に言うと、ルークがため息をついた。

『オレは気高きフェンリルだぞ！　負けるなんて、あるわけないだろう!!』

「普通に心配なんだって！　だってその魔物、強敵なんだろ？」

『フォレストキャットからしてみれば強敵だ』

「あ、そういう……」

どうやらルークにとっては別になんともない相手のようだ。

（ちょっと安心した）

「なら、そいつを倒してフォレストキャットをテイムしよう」

『それがいいな。匂いを辿《たど》っていくから、背中に乗れ』

「……お手柔らかにお願いします」

太一が背中に乗ると、ルークは勢いよく駆け出した。

「だから速すぎるってえええぇぇぇぇっ」

ルークの背中に乗って森の中を進むこと、一〇分。

木々の上からバサッと翼を打つ音がした。

『あいつだな』

「んん……？　あれは……カラス、か？」

体長は大体一メートルほどはあるだろうか。

全身真っ黒の羽と、黒い瞳。

鋭いくちばしは、つつかれたら風穴が開いてしまいそうだ。

『確か、ジャイアントクロウだな。あいつは卑怯者《ひきょうもの》だから、自分より圧倒的に弱い奴しか捕食しないんだ』

「だからフォレストキャットが狙われたのか」

『だろうな』

確かにこれでは、たまったものではない。

(そういえば、カラスは猫の天敵って何かで見たことがあるな)

特に野良猫の場合は、縄張り争いが勃発《ぼっぱつ》する。それから、餌を奪われたり――最悪の場合、子猫を連れ去られることもあるとか。

隠れて出てこなくなるのも当然の話だ。

「ルーク、ジャイアントクロウを倒せるか？」

『当たり前のことを聞くんじゃない』

太一の返事にすぐ頷《うなず》いて、ルークは太一を背に乗せたまま大きく飛び上がった。

『落ちるなよ』

「ちょっ!?」

戦ってくれるのは大変助かるが、せめて自分を安全な場所に下ろしてからにしてほしかった!!

そう思いながらも、もう戦闘態勢に入ってしまったので仕方がない。太一にできることは、落ちないように必死にルークの背中にしがみついていることだけだ。

『カアアアアァッ!』

『ふん、ただのカラス風情がオレに勝てると思うなよ!』

ジャイアントクロウはその大きな体を宙に浮かせ、羽根を飛ばして攻撃をしかけてきた。ルークは、それを木の枝を渡り歩きながら避《よ》けていく。

大地から攻撃を仕掛けるルークVS空のジャイアントクロウ。

この戦いは長引く――太一はそう予想したのだが、勝負は実にあっけなかった。ルークが高くジャンプをし、その鋭い爪でジャイアントクロウの羽を切り裂いた!

『クアアアァッ!』

『ふんっ、弱いものばかり捕食して、己の強さに磨きをかけないのがいけないんだ』

ルークがあまりにもあっさりジャイアントクロウを倒してしまったので、太一は目を見開く。

(一瞬の戦いだった……)

いや、長引いてハラハラするよりはずっといいけれど。

『ジャイアントクロウの素材は売れるだろうから、持って帰るんだぞ』

「あ、うん」

簡単に倒してしまったが、決してジャイアントクロウが弱いというわけではない。単純に、ルークが規格外なだけなのだ。

（ちゃんと素材を持って帰れっていうところとか、なんだかお母さんみたいだな……）

ルークがどんどん面倒見がよくなっているような気がする。もちろん口に出したら、そんなことあるわけないだろ！　と、吠《ほ》えられるのだろうが……。

魔法の鞄《かばん》にジャイアントクロウをしまって、さあフォレストキャット探しの開始――というところで、後ろの草がガサリと音を立てた。

「またカラスっ!?」

突然のことで太一はびっくりして飛び上がり、急いでルークの後ろへと隠れる。

『別に隠れなくともお前を守ることくらい造作もないぞ？』

「わかってる、わかってるよイケメン！　でも魔物がいる森の中なんだから、これくらいは大目に見てくれ!!」

この世界の人と違って、太一はまだまだ魔物には慣れていないのだ。

警戒心を解かずにじっと音のした草を見ていると、ぴょこりと……耳が見えた。

「……ん？」

（あれ？　あの耳はもしや……？）

もしかしてもしかするのではないだろうかと、太一の期待が高まる。

そして次に見えたのは、長い尻尾だ。

（ふおおぉぉっ!?）


「も、もっふもふの……猫……ちゃん！」

『みゃぁ』


小さな鳴き声がして、草のところから一匹のフォレストキャットが顔を覗《のぞ》かせた。

「か、かわいい……」

『にゃ……』

「かわわ……」

語彙力《ごいりょく》が消えた。

『しっかりしろタイチ』

「うん、でも……可愛《かわい》くって」

姿を見せたフォレストキャットは、体長が二〇センチほどととても小さい。弱々しくて覇気もなく、衰弱しているということがわかる。

ふわふわのセピアの毛と、お尻のところはピンク色の毛が少し生えている。

頭にはまるで花冠をつけているように植物が生えている、とても可愛いフォレストキャットだ。

『みゃうぅ……』

『だいぶ弱っているな。ジャイアントクロウがうろついていて、長期間巣穴から出られなかったんじゃないか？』

餌や水が足りなくなって、衰弱しているのだろうとルークが言う。

「それなら、餌が必要か！　どうしよう、ミルク？　それとも……あーもう、お買い物スキルを使って大量にニャールを買っとくんだった！　俺のバカバカ!!」

『カフェで出してるおやつのクッキーでも与えればいいんじゃないか？』

「あ、なるほど!!」

テンパる太一に、ルークがすかさずアドバイスをくれる。

「それなら鞄に入ってる！」

太一が魔法の鞄から取り出したのは、おやつの『うさぎクッキー』だ。

テイマースキルで作ったおやつで、従魔はもちろんだが、人間にとっても美味しくいただけるお菓子だ。

袋からうさぎクッキーを一枚取り出してフォレストキャットの前に差し出すと、鼻を近づけて匂いを嗅いだ。

「大丈夫、怪しくないぞ。とっても美味しいおやつだから、安心して食べてくれ」

『そんな見た目だが、味は間違いないからな』

「ええ、うさぎクッキー可愛いのに」

太一がブーイングをすると、フォレストキャットが『みゃ』と鳴いた。

「ああごめん、驚かせちゃったかな」

太一はぱっと手を上げて、何もしないし危険はないという意思表示をする。

『にゃ……』

「大丈夫、大丈夫だよ」

太一が優しく声をかけると、その美味しそうな香りに抗《あらが》えなかったこともあってか……フォレストキャットは、モグモグとうさぎクッキーを食べ始めてくれた。

「よかった、食べてくれた」

最初はゆっくりとしたペースだったが、すぐに食べるペースが速くなる。どうやら、うさぎクッキーを気に入ってくれたらしい。

(よかった……)

食欲があるならひとまず深刻な状態ではないだろうと、太一は胸を撫《な》でおろした。

『みゃふぅ……』

おやつのうさぎクッキーを三枚食べたところで満足したのか、フォレストキャットが太一の足にすりよってきた。

「あ、あ、あ、あ……かわ、かわいい……っ」

どうやら、テイミングをする前から懐《なつ》かれたようだ。

（って、これも俺の職業のおかげかな？）

『もふもふに愛されし者』という職業のおかげで、もふもふには懐かれる体質になっているらしい。ほかの人にはテイマーで通しているが、きっと聞いたら誰もがうらやむだろうと思う。

（というか、テイムしていいのかな？）

なんだか弱みにつけ込んだような気がしなくもないが、どのみちテイミングに来たのだから今するのも後でするのも一緒だ。

それに、自分のおやつを美味しそうに食べてくれたのもあって、愛着も湧いてきた。……単純かもしれないが。

「よーっし！　【テイミング】!!」

『みゃっ』

太一がスキルを使うと、フォレストキャットがパチパチするような光に包まれる。テイミングが成功した証拠だ。

フォレストキャットは目をぱちくりさせて驚くも、すぐに笑顔で『にゃあ』と鳴いた。

猫の神様が授けてくれたテイマーのスキル、【テイミング】。

魔物に対して使うと、自分の従魔にすることができる。成功率は、スキルレベルに比例する。

無事にテイミングが成功したことに、太一はほっと胸を撫でおろす。

(次は名前をつけるんだよな)

何がいいかなと考えて、すぐお尻の横にあるピンク色の毛が桜の形に似ていることに気づく。

「よし、お前は今日から【サクラ】だ!」

『にゃうぅんっ!』

太一が名前をつけると、フォレストキャット——サクラに光が降り注いだ。

『みゃう~』

サクラは自分の名前を気に入ってくれたようで、ご機嫌だ。鼻の頭を太一の手にすりすり押しつけてきて、愛情表現をしてくれる。

(うわっ、もふもふ……っ、かわい、かわいい~~!)

猫カフェの猫と違いすぐに懐いてくれる様子に、感動しっぱなしだ。

『まったく、だらしない顔をして!』

「ルーク! 仕方ないだろ、こんなに懐いてもらえるなんて……感動だ」

サクラを抱き上げて、頬《ほお》でその可愛いほっぺたにすりすりする。

『にゃん』

「そうかそうか、嬉しいか~! 俺もサクラと仲良くなれて嬉しい!」

しかしふと、そういえばフォレストキャットは群れで行動しているという話だったことを思い出す。

となると、サクラにも仲間のフォレストキャットが何匹かいるはずだ。

「サクラ一匹を連れて帰るわけにもいかないし、群れごとテイムできたらいいんだけど……」

上手《うま》くいくかな？

そう考えていたら、先ほどサクラが出てきた草がガサガサっと揺れた。

『アンタ、何者だい⁉』

「えっ⁉」

突然話しかけられて、太一はびくっと体を揺らす。

出てきたのは、八〇センチほどある大きめのフォレストキャットと、四〇センチ前後のサイズのフォレストキャット八匹だ。

（うわ、いっぱいいる……）

じゃなくて。

「喋《しゃべ》ってるってことは、もしかして群れのボス？」

もしかしてもしかしなくても、群れのうちの一匹を勝手にテイミングし、名前までつけてしまったことを怒っているのではないだろうか。

よくも可愛い仲間をコノヤロー！　ということかもしれない。

ここは誠心誠意謝罪したほうがいいだろうか。

と、考えたときにはすでに頭を下げていた。

「群れの仲間を勝手にテイムしてすみませんでした……‼」

『は……っ⁉』

頭を下げた太一を見て、フォレストキャットのボスは驚いて目を瞬《しばた》かせる。

そしてしばらく考え、表情を緩めた。

『どうやら、いい人間にテイムされたみたいだね』

「え……」

『別に怒ってるわけじゃないさ。むしろ、ジャイアントクロウを退治してくれたことに感謝してるくらいだからね』

フォレストキャットのボスはこほんと咳払《せきばら》いをしてから、ある提案を太一に持ちかけてきた。

『あちしたちと、取引をしないかい？』

「取引……？」

魔物であるフォレストキャットが人間に取引を持ちかけてくるとは、考えてもみなかった。

けれど、人間相手にそんなことをしなければならないほど、切羽詰まっている状態ということも考えられる。

太一はごくりと息を呑《の》み、続く言葉を待つ。

『フォレストキャットをテイムする人間なんて、そうそういない。アンタは、何か目的があるんじゃないのかい？』

「……!!」

(見破られてる!!)

確かに、太一にはもふもふカフェに猫を！　という壮大な夢がある。そこまでの猫大好き人間なので、ここにやってきたのだから。

自分に探りを入れられているんだろうかと考えるも、愛くるしい猫ちゃん相手に嘘《うそ》をついたり意地悪を言ったりするなんて……とてもではないができない。

太一はボスの言葉に素直に頷いた。

「俺は有馬《ありま》――あ、こっちでいうと……タイチ・アリマです。隣にあるシュルクク王国のレリームっていう街から来ました」

それを聞いて、フォレストキャットのボスは目をぱちくりとさせた。

『隣の国から、わざわざあちしたちをテイムするために来たっていうのかい？』

「そうです！」

それから、レリームの街でもふもふカフェを経営していること。フォレストキャットをはじめ、もふもふした動物や魔物が大好きなのだということを伝える。

そして、テイミングしたフォレストキャットには、カフェにいてほしいということも。

「だからといって、客として来た人間に愛想をよくしろとか、遊べとか、そんな強要は一切しません。ただただ、カフェの中でのんびり過ごしてくれたらいいです」

太一は精一杯、もふもふカフェのいいところをプレゼンした。

『なるほどねぇ……』

太一の話を聞いて、今度はフォレストキャットのボスが驚いていた。

彼の話によると、敵のいないカフェの店内で自由にしていていいというのだ。しかも、遊ぶためのおもちゃやキャットタワーの設備なども用意されているらしい。

ご飯もちゃんと出されるし、体が汚れたら綺麗《きれい》にもしてくれるのだという。さらに、好きなときにお昼寝をしてもいいそうだ。

安全なだけではなく、食べ物も保証されており、なんの苦労もいらないような夢の囁《ささや》きだ。

だからこそ、本当にこんなにうまい話があるのだろうか？　と、ボスは心配になる。

『………』

しばらく考えて、そういえば太一には従魔がいたことを思い出す。

『…………ときに、アンタの従魔はいったいなんの種族だい？』

ウルフの上位種か何かかと思ったが、そんなちゃっちい迫力ではない。ピリッとした威圧感が多少あるだけだが、もっと、もっと上の存在だと本能が告げていた。

太一はボスの問いかけを聞き、ルークを見る。

いつもはウルフキングだと言っているのだが、相手は同じ魔物。フェンリルであると告げても、問題ないかもしれない。

と思っていたら、ルークが自分で口を開いた。

『オレは気高きフェンリルだ！　タイチは弱いから、助けてやっている』

『ま、まさか……フェンリルと出会う日がくるとは思いませんでした……!!』

ルークが正体を明かすとすぐに、ボスはピーンと硬直したような姿勢になった。どうやら緊張しているらしく、体も若干震えている。

『タイチはテイムした魔物のことは大事にする。それは、オレが保証してやろう』

『……はい。フェンリルが仲間なんて、それほどすごいことはないでしょう』

ボスは浅い呼吸を何度か繰り返し、呼吸を整え改めて太一を見た。

『あちしからの取引で、こちらの要求は衣食住の保証！』

「それは当然ですね」

『にゃっ！』

ごく当たり前のことを言われてしまい、それは取引でもなんでもないと太一は苦笑する。

しかしボスにはそれすら驚きだったようで、『本当に？』と顔に書かれている。

『……アンタは、本当にいい人間なんだね』

「普通だと思うけど……みんなのことは大事にしたいし、大好きになる自信がありますね」

——というか、すでに大好きですが何か？

ボスは腕を組むようにして悩み、『よし！』と結論を出した。

『衣食住を保証してくれるなら、あちしの群れはアンタについていくよ！　その、もふもふカフェにも協力してあげる！』

「え、本当に!?　やったー！　ありがとう!!」

太一が万歳をすると、ボスが『大げさ！』と声をあげる。

『それと、ジャイアントクロウを倒してくれてありがとう。ずっと巣穴から出られなくて、食料が尽きて死ぬところだったのよ。さあ、アンタたちもお礼を言うのよ』

『『『にゃ〜』』』

ボスの声を合図にして、残りのフォレストキャット全員でお礼を告げてくれた。『にゃ〜』としかわからないけれど、きっと『ありがとう』と言ってくれているのだろう。

その気持ちは十分伝わってきた。

『さあ、あちしたちをテイムして』

「わかった。それじゃあ、いくぞ……【テイミング】！」

太一がスキルを使うと、ボスの体の周りにパチパチした光が舞う。テイミングが成功したという合図だ。


「君の名前は──【ウメ】。俺の故郷に咲く、味わい深い花の木の名前だ」


続けて名前をつけると、ボス──ウメに光が降り注いだ。無事に名前もつけられたので、ウメは太一の従魔になった。

『ウメ……うん、いい名前だね。ありがとう！』

「こっちこそ、俺の従魔になってくれてありがとうございます。ああもう、本当に嬉しい……大切にするので、仲良くしてくれると嬉しいです」

猫をテイミングできたというだけで、どうしようもなく太一の腰は低くなる。それを見て、ウメは笑う。

『頼りになるのかならないのか、不思議な主人だね』

「あはは……。俺にできることは、精一杯やろうとは思ってるよ」

『それでいいよ。誰だって、自分の能力以上のことをしようとすると、大変なことになるからね』

無理せずほどほどがちょうどいいのだと、ウメが微笑《ほほえ》む。

『これであちしも、群れの子たちに苦労させないで済むわね』

ふうと安堵《あんど》しているボスの姿を見て、太一は絶対に守らなければ……と、強く思った。


「ただいま帰りました〜！」

さっそくフォレストキャット亭に戻ると、「「えええええぇぇぇ〜!?」」と、アーツとルーシーの声が重なった。

「ちょ、なんですかこの大量のフォレストキャットは!!」

アーツは驚きが隠せないようだ。

「従魔にできる数はテイミングのスキルレベルによるのに、フォレストキャットだけで……一〇匹!? タイチさんって、いったい何者なんだ？」

さっぱりわからないと、アーツは頭を抱える。

「すごい数のフォレストキャットね……。名前はつけたの？」

ルーシーの質問に、太一は頷く。

「全部で一〇匹で、群れのボスはこちらのウメだよ」

「ウメちゃんっていう名前にしたんだ。可愛いね」

そして二匹目以降は、サクラ、カエデ、モミジ、マツ、ヒイラギ、ユーカリ、サツキ、シラカバ、クヌギと続く。

種族名がフォレストキャットで、体のどこかに植物があるので木の名前で統一してみたのだ。太一的には、なかなかいい感じになったと思っている。

「へえ、可愛い。みんな、ねこじゃらしは好きかな？」

そう言って、ルーシーがねこじゃらしをフォレストキャットたちの前に持っていってふりふりさせる。

すると、フォレストキャットが尻尾をぴくんと動かした。

（やっぱりねこじゃらしが好きなんだなぁ）

これなら、もふもふカフェに来てもお客さんと楽しく遊べそうだ。

『にゃっ！』

『にゃにゃにゃっ!!』

フォレストキャットたちがルーシーと遊んでいると、ボスのウメが太一の肩に乗っかってきた。

さすがに体長八〇センチなので、なかなかにずっしりとくるものがある。しかしこれは幸せの重みなので、文句などはまったくない。むしろウェルカムだ。

『あれはなんだい？』

「ねこじゃらしっていうおもちゃです。向こうにあるのはボールとトンネルで、壁の板はキャットタワーっていって自由に登って遊べる設備になってるんです」

『へえ……！』

ウメは初めて見る猫用のおもちゃに、目をキラキラさせている。太一の背中に当たっている尻尾が揺れているので、きっと遊びたいのだろう。

（うぅ、可愛い……家に帰ったらいっぱい遊んであげよう）

それこそ、これでもかというほど遊び倒そうと思っている。

この世界の猫たちは、おもちゃ類を初めて見る。そのため、猫カフェの猫とはまったくと言っていいほど食いつきが違う。

なので、太一は遊ぶのが楽しみで仕方がない。

ふいに、チリリリ～ンと鈴の音が聞こえてきた。

アーツがボールを投げているところで、太一がテイミングしたフォレストキャットの一匹、ヒイラギが勢いよく追いかけていった。

それはもうダダダダダッと音が響くほどの猛ダッシュで、食堂の隅から隅まで走り回っている。

「うお、やんちゃっこだなぁ」

だがそこもまた可愛い。

太一がほっこり見つめていると、ウメがほかのフォレストキャットのフォローをしてきた。

『あの子たちは、比較的若いんだよ。だから、あちしと違ってああいったものへの興味も強いんだ』

「へえ、そうなんですね。……ウメは遊びたくないんですか？」

尻尾が揺れているのは知っているので、聞いてみる。

『……あちしはいい大人だからね。あの子たちの面倒を見るのさ』

「さすがは群れのボス、偉い」

『褒めたって何もでないよ！』

「それは残念」

太一が笑っていると、ボールを追いかけていたヒイラギが、勢いに任せて足元までやってきた。

おっとっとという表情をしてこちらを見上げてくる顔は、なんとも言えない可愛さがある。

『にゃう？』

そしてこのあざとさである。

メロメロになるなというほうが無理だ。

「ヒイラギはボールが好きなんだな。帰ったらカフェ用のボールも新しく作るから、それでもいっぱい遊んでくれよな」

『にゃうっ！』

太一がしゃがみ込んでヒイラギの頭を撫でると、嬉しそうに目を細める。どうやら、なんとなくで言っていることを理解してくれているようだ。

「可愛いなぁ」

もっと撫でると、ヒイラギはころんとお腹を上に向けて寝ころんだ。

猫がお腹を見せてくれるのは、相手を信頼しているという証《あかし》でもある。そのことが嬉しくて、太一は思わず口元を押さえる。

（俺の前でお腹ころんしてくれたの、ヒイラギが初めてだ……っ!!）

そのことが嬉しくて嬉しくて、舞い上がってしまいそうだ。

（こ、これは……お腹を撫でてもいいということだろうか？）

太一の手が、ヒイラギのお腹に触れたくてぴくぴくと動く。しかし、寝転んだだけであって、撫でられることまでは許していない……という可能性もある。

（く、どっちだ……！　究極の選択すぎる）

ヒイラギのお腹を撫でにいこうとする自分の手を必死に止めながら、太一は葛藤する。すると、その様子を見ていたウメが『何してるんだい』と不思議そうにする。

からの、太一にとってはとんでもない一言。

『お腹は撫でたくないのかい？』

「な、撫でても……いいんですかっ！」

ウメの言葉に、太一は嬉し涙を零《こぼ》しそうになる。まさか、こんなに早く猫のお腹を撫でられる日が来るなんて考えてもみなかった。

もっと仲良くなってから……そう思っていたのに。

「よ、よし……撫でるぞ」

太一がおそるおそるお腹に手を伸ばすと、なんとも言い表しがたい柔らかさが手のひらに伝わってきた。

「ふお……っ」

思わず変な声も出てしまうというものだ。

『にゃぁん』

ヒイラギは嬉しそうに、ゴロゴロ言ってくれている。

『気持ちいいのかい、よかったね』

『にゃん』

ウメの言葉にヒイラギは目を細め、顔を上に向けて顎《あご》を太一に見せてきた。どうやら、顎下も撫でてほしいというアピールのようだ。

「えっ、お腹だけじゃなくそこまで……!?」

そんなにたくさん撫でさせてくれるなんてと、太一は感動する。そして遠慮なく、けれど慎重に、ヒイラギの顎へ手を伸ばす。

「よしよし～」

『みゃぅ』

優しく撫でてやると、太一の手にすり寄ってきてくれた。それがまた可愛くて、太一の呼吸と動《どう》悸《き》が激しくなる。

「力加減を気をつけないと、押し潰《つぶ》しちゃいそうだ……！」

『あちしたちは、そこまでやわじゃないよ』

ウメがくすりと笑い、横から優しく見守ってくれている。

『みんな、アンタには感謝してるのよ。しばらくジャイアントクロウに怯えて暮らしていたから、なおさらね』

「これからは、そんな危険がない場所でのんびり生活してもらいたいな」

『そのつもり！　その代わり、そのカフェのお客さんと遊んであげる』

「頼もしいな」

別に無理に相手をしなくてもいいのだが、それが衣食住を与えてもらうウメなりのお礼のようなものなのだろう。

ならば、太一はもふもふカフェでの生活が嫌にならないよう、努力するだけだ。

それから数日滞在したのち、太一たちはレリームの街へと帰った。

閑話　街一番の宿にしたい！

これは目覚めた——と、そう言っても過言ではないのではないだろうか。

太一《たいち》がルークとフォレストキャットを連れて帰ってしまったあと、ルーシーは宿の一室を『猫のおもちゃ工房』にしてしまった。

壁には加工やデザインを変えた何種類もの板がつけられており、時折フォレストキャットたちが楽しそうに歩いている。

作業台の上には、試作品として作ったねこじゃらしやボール類がたくさん置かれている。


アーツはひと仕事を終えると、フォレストキャットを連れて工房へとやってきた。

「ルーシー、まだやってるの？」

「今、すごくいいおもちゃができそうなの!!」

「どんなの？」

「ボール!!」

作業台の上を見ると、細い木の蔦《つた》がたくさん置かれていた。

見てみると、大きめの鈴にその蔦をぐるぐると巻きつけてボールを作っているようだ。いつもは毛糸で作っていたので、材料を変えてみたのだろう。

「まさかルーシーがここまで夢中になるなんて、お兄ちゃんは予想もしなかったよ……」

もちろん嬉《うれ》しくはあるけれど。

「もう冒険はいいの？」

「もちろん、冒険だって行くわ！」

「あ、行くんだ……」

正直、冒険者なんて危ないことはやめて、宿を手伝ってくれたら……と、何度も思った。

今回のおもちゃ工房を見て、いよいよそれが実現するかと思いきや、やはりそう上手《うま》くはいかないようだ。

しかし、ルーシーの答えはアーツの想像と違っていた。

「冒険者になって、おもちゃの材料……素材を取りに行くのよ！」

「いったいどんなおもちゃを作るつもりなんだ」

魔物の素材でも使って作るの？　と、アーツは笑う。

しかしその様子を見て、ルーシーは頬《ほお》を膨らませる。

「もう、笑い事じゃないわよお兄ちゃん！　私がもっと強くなったら、お兄ちゃんも一緒に森へ行くんだからね!?」

「えっなんで僕が!?」

テイマーとして冒険者をしていたアーツだが、別に強いわけでもない。戦ってくれるのは三匹のフォレストキャットなので、近場にいる弱い魔物と戦うだけで精一杯だ。

だからアーツとしては、そんな提案は受け入れたくない。

「お兄ちゃんの従魔を増やすのよ！　私は、護衛！」

「え、僕の従魔を？」

言われてみると、確かにフォレストキャットが三匹だけというのは少ないだろうか……？　とも思うが、いやいやそれは太一が規格外なだけで三匹でも十分では？　と、アーツは思う。

しかし、ルーシーとしては譲れないものがあった。

「私たちも、フォレストキャットの群れのリーダーをテイムするのよ！」

「え、ボスを!?」

「そう。だって、フォレストキャットは群れで移動するんでしょう？　だったら、うちの子たちにもリーダーが必要よ！」

ルーシーの言葉になるほどと頷《うなず》きつつ、アーツはフォレストキャットの習性などを思い出す。群れのボスには、確か条件があったはずだ。

「えーっと……フォレストキャットが五匹以上集まると、群れと認識して……そうそう、その中で一番強い個体がボスになるんだ」

「へえぇぇ、そうなんだ。じゃあ、別にテイムするのはボスじゃなくても大丈夫ってこと？」

「そうだね」

「なるほど！　なら、うちの子たちの誰かがボスになっちゃう可能性もあるのね」

それも楽しみだと、ルーシーは微笑《ほほえ》む。

「そういうことになるね」

「お兄ちゃん、会話のスキル持ってたよね？」

会話ができれば、ルーシーの作ったおもちゃの感想を聞くことができるかもしれない。だったら、テイミングするほかない。

「ボスと話をして、改良ポイントを聞くのよ！」

「なんかルーシー、どんどん太一さんに似てきてない？　いや、いいんだけど……頼もしい妹になったもんだ」

なんとも言えない気分になりつつも、しかし確かにボスに意見を聞けたほうが猫の宿としてはぐんと成功率は上がるだろう。

しかし問題が一つ。

「僕の【会話】スキルのレベル、1なんだけど……」

「いち……」

アーツの言葉に、ルーシーは神妙な顔になる。

「それってどれくらいなの？　タイチさんは、ウメと普通に会話してたけど……あれもレベル1？」

「いや、タイチさんのレベルはもっと高いと思う」

太一のレベルは聞いてないので知らないけれど、けろっとした顔で一〇匹もフォレストキャットをテイミングして帰ってきたのだ。

「しかもタイチさんは、カフェにも従魔がいるって言ってたし……」

きっと、テイマーとしては化け物クラスだ。

それなのに、本人はいまいちそのすごさに気づいていないから困る。普通、あんなにいっぱい従魔を連れている人はいない。いないんだ。

「タイチさんか……なんていうか、すごい人だったよね」

「うん。あと、すごく猫愛にあふれてた」

「それはわかる」

どうしようもないほど猫愛にあふれていて、フォレストキャットに夢中だった。むしろ感動して泣いてすらいた気がする。

ルーシーはできあがった新しいボールを作業台の上で転がしながら、「シュルクク王国かぁ」と物憂げに呟《つぶや》く。

その姿からは、行ってみたいという思いが簡単に読み取れる。

「まあ、僕も行ってみたいし、今度行きますと言っちゃったけどさ。さすがに、宿の状況がこれじゃあね……」

「そうだね、旅費もかかるもんね」

隣街だったらすぐに行けたのだが、さすがに隣の国では遠すぎる。アーツもルーシーも、アーゼルン王国から出たことがない。

「こうなったら、フォレストキャット亭を盛り上げに盛り上げて、この街一番の宿にするわよ！そして大金持ちなる！　フォレストキャットの可愛《かわい》さなら、いけると思う!!」

「えぇぇえっ」

ルーシーの意気込みに、アーツは気後れする。

猫宿を始めようと決意したばかりなのに、いきなりこの街一の宿を目指すなんて目標が大きすぎる。今は生活ギリギリの売り上げだ。まずは十分貯蓄ができるくらいの売り上げで十分だ。

しかし、そんなアーツの思いはルーシーに届かない。

「もう、お兄ちゃんは弱気すぎだよ！　ガンガンいかないと、今の時代は乗り切れないよ！」

「だからって……」

「フォレストキャットを信じなきゃ！　それから、私のおもちゃも信じてよ！」

これから最高の宿にするのに、それじゃあ駄目だとルーシーが頬を膨らませる。

今まで冒険者になりたいとばかり言っていたのに、すごい変化だ。まあ、冒険をしたいというルーシーの気持ちが変わったわけではないようだけれど。

しかし、妹にここまで言わせたらアーツも頑張るしかない。

「……よし、もう少し落ち着いたらテイムに行ってみようか」

「おー！」

　

——フォレストキャット亭が軌道に乗ったら、フォレストキャットをテイミングしに行こう！

という話になっていたのだが……。

カランとドアベルの音とともに開く扉を見て、アーツは「すみません～！」と声をあげる。

「宿泊ですか？　しばらく予約がいっぱいで、部屋が空いてないんですよ」

「ええっ!?」

やってきたばかりのお客さんは、残念そうに眉を下げた。

そう、猫と触れ合える宿になった結果――フォレストキャット亭は大繁盛の満員御礼《おんれい》状態になっていた。

これにはアーツもルーシーも驚きを隠せない。

『にゃうう』

フォレストキャットも申し訳なさそうにひと鳴きして、壁のキャットタワーを軽やかに登っていく。それを見るだけでも、お客さんは癒《いや》されてくれる。

一日の仕事を終えると、アーツもルーシーもくたくただ。

ルーシーは自分のおもちゃ工房の机につっぷしながら、お茶を持ってきてくれたアーツをじっと見つめる。

「ん？　お疲れさま」

「ねえお兄ちゃん、私……気づいちゃったの」

「……何を？」

アーツは自分のお茶を飲みつつ、ルーシーの言葉に耳を傾ける。

「フォレストキャット亭をこの街一番の宿にするには、建て増しするしかない……って！」

「げほっ」

思ってもみなかった言葉に、思わずお茶を噴き出した。

「やだお兄ちゃん汚い……」

「いや、だってお前……そんなこと考えてるとは思わないだろ。今だっていっぱいいっぱいなのに、そんなの無理に決まってる」

「そうだよね……まずは従業員を増やして、時間の余裕を作ってフォレストキャットをテイムしに行かなきゃいけないし」

やることが山積みだとルーシーは肩をすくめる。

「タイチさんのとこに行けるのも、いつになることやら……うぅ……」

ルーシーが机に突っ伏しながらうーうーうなっていると、ドアの隙間からフォレストキャットが入ってきた。

『にゃん』

「あー、そうだったおもちゃが壊れたから直すんだった！　ごめんね、今やるからね」

「じゃあ、僕は夜食でも用意してくるよ」

「やったぁ、さすがお兄ちゃん！」

『みゃう～』

ルーシーはさっそくおもちゃの修理に取りかかり、アーツは夜食を作るために厨房《ちゅうぼう》へと向かった。

猫の宿にしたフォレストキャット亭の評判が隣国のもふもふカフェに届くのも、そう遠くない未来のことかもしれない。

3 いつもの日常＋猫

アーゼルン王国でフォレストキャットをテイミングした太一《たいち》は、ルークとともにシュルクク王国へ向かった。

行きと同様に帰りも順調だと思ったのだが、違う点が一つ。

『にゃう』

『みゃっ！』

『うにゃにゃ』

『オマエたち、落ちないようにもっとくっついて！』

（あああああここは天国だ、もふ死んでしまいそうだ……）

そう、太一はフォレストキャットをテイミングしたものの、帰路に関してはあまり考えていなかったのだ。

（一気に大家族だもんなぁ）

仲間が増えたのだから、無理なく馬車で……と思うかもしれないが、もふもふカフェでアルバイトをしてくれているヒメリには二五日ほどで帰ると伝えてしまっている。

馬車を使うと片道で一ヶ月はかかってしまう。

さすがにそんな日数はかけられないので、太一たちは全員でルークの背中に乗せてもらい夜の道を駆け抜けている――というわけだ。

『みゃふ〜』

『にゃん』

フォレストキャットは魔物というだけあって、ルークの移動速度もそこまで気にしてはいないようだ。

ただ体が小さいので、落ちないかだけウメが注意をして見張ってくれている。

ということで、太一は猫のもふもふに埋もれるという大変素晴らしい旅になった。


夜中に移動していたので、太一たちがもふもふカフェに帰ってきたのは朝日が昇る少し前。太一はもう疲れ果てて、ふらふらだ。

フォレストキャットたちもあくびをしているので、元気なのはルークだけだろうか。

「はあぁぁ、さすがに眠いな……」

『みゃうぅ』

『にゃぁ……』

『軟弱だな！』

「しょうがないだろ……か弱いんだ俺は」

あははと笑いながら、太一はカフェの鍵を取り出す。

この世界の自宅兼『もふもふカフェ』。

温かみのある木造の二階建てで、建物にはところどころ蔦《つた》が絡みファンタジーっぽい味を出している。

大きな窓からは中の様子が見えるようになっていて、誰かが足を止めて覗《のぞ》いてくれたらいいなとの期待を込めたものだ。

家の裏には太一が【創造（物理）】スキルで作ったお風呂と、小動物であれば走り回れるくらいのスペースがある。


ドアに鍵を差し込むと、中から物音が聞こえてきた。

『わー、タイチの気配だ！』

『もう朝～？』

『おかえり！』

『『『み～っ』』』

カフェでお留守番をお願いしていたケルベロスと、ベリーラビットたちの声だ。どうやら、太一たちが帰ってきたことに気づいて起きてきたらしい。

（お出迎えとか可愛《かわい》すぎるだろ……）

太一がドキドキしながらドアを開けると、全員がドアの前にちょこんと座って待っていてくれた。

『『『タイチー!!』』』

『『『みみっ！』』』

「うおっ！」

ドアを開けた途端、全員が太一に向かって飛びついてきた。

いい子にお留守番をしてはいたけれど、太一に会えない日々が寂しくて仕方がなかったのだろう。

太一は倒れこみつつも、どうにか全員を受け止め頭や体を撫《な》でてあげる。

久しぶりに感じるケルベロスとベリーラビットのもふもふに、太一はなんどもすーはーすーはーと匂いを嗅ぐ。

『あはは、タイチくすぐったいよ！』

『ボクもくんくんしちゃうぞ！』

『帰ってきてくれて嬉《うれ》しいよ～！』

ケルベロスも愛情表現に応えるように、太一の顔をペロペロと舐《な》める。そのざらざら感に昇天しそうになりつつ、もっとぎゅーっと抱きしめる。

「ただいま、みんな。俺の留守中は、大丈夫だったか？」

『えへへ、ヒメリがご飯くれたよ』

『美味《おい》しかった！』

『夜はベリーラビットたちと一緒に寝てたよ』

「そうかそうか。お土産のお肉を買ってきたから、あとで出してやるな」

『『『やったー！』』』

一生懸命に太一に報告してくれるのは、真っ黒な毛並みのケルベロス。

元気で遊ぶのが大好きなピノ、自分の意見をはっきり言うクロロ、ちょっと寂しがり屋のノール。

三つの顔と、一つの体。本来の大きさは三メートルほどだが、もふもふカフェにいる間は三〇センチくらいになってくれている。

もふもふカフェの癒《いや》し担当、ベリーラビット。

頭に苺《いちご》がついている、可愛いうさぎの魔物。真っ白、茶色、ぶちと、毛の色が何種類かあるので自分のお気に入りを見つけているお客さんも多い。

太一がケルベロスたちと挨拶を終えると、すぐにルークとフォレストキャットたちもカフェの中へ入ってきた。

『『『おかえりなさい！』』』

『『『みっ』』』

ケルベロスとベリーラビットがルークを迎えると、店内を見回してから頷《うなず》いた。

『ああ、帰ったぞ。留守中は問題なかったか？』

『もちろん！』

『お客さんと遊んであげた！』

『みんながいたから、そんなに寂しくなかったよ』

『そうか』

魔物たち同士でも、報告をしている。

(ちゃんとルークに留守中のことを説明できて、偉いなぁ)

ルークとケルベロスの話が終わったのを見計らって、太一はウメたちフォレストキャットを呼ぶ。

「仲間になったフォレストキャットたちだよ。みんないい子だから、仲良くしてあげてくれ」

太一が紹介すると、まずはウメが前に出てきた。

『あちしは群れのボスのウメよ、よろしく。この子たちは話すことはできないけど、お利口だから言うことはちゃんと聞くと思うわ』

『『『にゃんっ』』』

ウメが代表で挨拶をすると、それに合わせてフォレストキャットたちもお辞儀をした。世渡り術をしっかり身につけているみたいだ。

その姿が可愛くて、太一はメロメロで言葉も出ない。

『ボクはピノ！　三匹で一匹だよ！』

『ボクはクロロ！　もふもふカフェのムードメーカー！』

『ボクはノール！　ケルベロスだよ』

『『みーっ』』

もふもふカフェサイドもケルベロスが代表して挨拶をし、互いに顔をすりすりしたりしている。仲間としてのスキンシップらしい。

どうやら、すぐに仲良くなることができたようだ。

「となると、残る問題は……カフェにキャットタワーの設置か」

『あの階段みたいなやつね』

「そうそう」

ウメはフォレストキャット亭にあったのを見たときから、実は登ってみたくてしかたがなかったようだ。

でも、よそ様の家……というか宿なので、自分の住処《すみか》になるもふもふカフェへ来るまではと我慢していた。

その健気《けなげ》さに、太一は胸を撃ち抜かれる。

（最高のキャットタワーを作ろう……）

「作り直すのは簡単だから、改良とかのリクエストがあればその都度遠慮なく言ってください」

『ありがとう』

今日はカフェの営業日なので、しばらくしたらアルバイトのヒメリがやってくるはずだ。

（今寝たら絶対に起きられないから……）

「よし、ヒメリが来るまで猫のおもちゃとキャットタワーを作るか！」

太一は声を出して、気合を入れた。

「んじゃ、進めますか」

『寝なくていいのか？』

太一が気分を出すために腕まくりをすると、ルークが横にやってきた。

ケルベロスたちは、ベリーラビット、フォレストキャットと遊んでいるようで、店内を走り回っている。

それを見て、太一は頬《ほお》を緩める。

「ヒメリが来る前に寝るのも申し訳ないからな。少し頑張って、そのあとに休むよ」

『あまり無理をするなよ』

「ん、ありがとうルーク」

夜の間ずっと移動していたこともあり、ルークは太一を心配してくれているようだ。鼻先をぐりぐりと太一に擦《こす》りつけてくる。

「大丈夫だって――って、こっちか？」

ルークの鼻ぐりぐりは愛情表現だと思っていたが、よくよく見ると鼻先は太一――ではなく、腰から下げている魔法の鞄《かばん》に向けられていた。

なぜここ？　そう思い、しかしすぐにピンときた。

魔法の鞄には、ルークお気に入りのビーズクッションが入っているからだ。

「すっかり忘れてた。ほら、ルークのビーズクッション」

『言われる前に出すとは、なかなかやるじゃないか！』

ルークはぶんぶん尻尾を振って、置かれたビーズクッションの上へと座る。そして大きなあくびを一つ。

『さすがに走りっぱなしだったからな。オレは少し休む』

そう言うとすぐ、ルークはビーズクッションで横になって寝息を立て始めてしまった。寝るまでほんの数秒だ。

元気そうに見えたが、さすがに太一とフォレストキャット一〇匹を背負っての移動は疲れたのだろう。

「ありがとうな、ルーク」

太一は眠るルークにブランケットをかけて、猫のおもちゃとキャットタワー作りを開始した。

作るものは、人気だったねこじゃらし、ボール、トンネル、キャットタワーだ。

もふもふカフェにも、実は店内の中央にキャットタワーがある。今は、ベリーラビットたちが運動も兼ねて遊んでいることが多い。

ボールもあるのだが、鈴が入っていないため音が鳴らない。フォレストキャット用に鈴入りも追加する。さらに、猫が来たときのことを夢見てねこじゃらしも少しだけ用意してあった。

もちろん、ほかの従魔が遊んでも問題はない。

しかし以前作ったといっても、また作りたいと思ってしまうのは猫好きゆえ。別に、ねこじゃらしは何本あっても問題はない。

「まずはねこじゃらしだな。【創造（物理）】っと」

太一がスキルを使うと、一瞬でねこじゃらしができあがる。

これはフォレストキャット亭で一度作ったので、二回目ともなればお手のものだ。その調子で、鈴入りの毛糸ボールとトンネルも作ってしまう。

「猫のおもちゃってすぐに壊れるらしいから、予備もある程度あったほうがいいよな」

お店なのだから、壊れたおもちゃを置いておくわけにもいかない。

いつでも作ることはできるけれど、人前で【創造（物理）】のスキルを使うわけにもいかない。

（こんなチートスキル、普通は持ってないもんな……）

「とりあえず、たくさん作っておけばいいかな？　気に入ったもので遊べるように、店内には多めに用意して……残りは箱にしまっておこう」

スキルを使って二つ、三つと作り、どうせならと色違いも用意してみる。

「色によって好みがあるかもしれないからな」

そうすれば、きっとお気に入りのねこじゃらしを見つけてくれるはずだ。

太一はたくさんのねこじゃらしを作り、一仕事を終えたような満足感を覚える。が、まだ大仕事が残っている。

問題は、キャットタワーだ。

フォレストキャット亭で作った壁に板をつけるタイプもいいが、どうせなら見た目にもこだわりたいところだ。

テイミングしたフォレストキャットは、小さい子は体長が二〇センチほどしかない。

「それを考えると、小さめのキャットタワーもあったほうがいいよな？」

逆にウメは群れのボスということもあり、八〇センチで通常の猫よりもサイズは一回りほど大きくなっている。

「大きいやつも必要だよな……」

となると、二ヶ所に設置するというのも手かもしれない。

窓の隣に小さめのキャットタワーを作り、外を眺められるスペースを作る。大きいものは、店内の隅に天井までの高さで作ってしまえばいい。

小さいものは段と段の間はなるべく狭くして、小さかったり足が弱い場合も問題なく使える設計にする。

そのイメージを忘れないうちに、スキルを使う。

「【創造（物理）】」

脳内に浮かんだ3Dデータのようなものを動かして、理想の形にしていく。

すると、太一の腰ほどの高さしかないキャットタワーが現れた。低めの階段と、くつろぎスペースがてっぺんに一つついている。

フォレストキャットなので、デザインのイメージは森だ。花や葉をモチーフにしてあり、もふもふカフェの内装ともマッチする。

柱の部分は麻縄できつく巻いてあるので、フォレストキャットたちが爪とぎに使うことができる。

「うんうん、なかなかいい出来だ」

毛糸のボールも紐《ひも》でぶら下げているので、きっと猫パンチをして遊んでくれるはずだ。

「次は大きいほうのキャットタワーだな。よし、腕が鳴るぜ！」

太一の妄想すべてを詰め込むつもりで、さっそく二つ目のキャットタワーに取りかかった。


「えっ！　何これ!!」

太一が夢中でキャットタワーを作っていると、突然ドアが開いた。見ると、驚いた表情の少女が立っている。

彼女を待っている間に作業をする予定だったが、思っていたよりも熱中してしまったようだ。

「ヒメリ！」

「びっくりした～！　なんだか見慣れないものがあるし、フォレストキャットがいっぱい！」

楽しそうに店内をキョロキョロ見回しているのは、ヒメリ。

ピンク色の長い髪は低い位置にリボンで二つのお団子にして、リボンで結んでいる。黄色の瞳はパッチリしていて、とても可愛らしい。

魔法使い系の冒険者で、水色のワンピースと白のローブを着用している。今はその上に、もふもふカフェのエプロンもつけている。


いち、に、とフォレストキャットの数を数えて、ヒメリはその多さに思わず笑う。

「でも、タイチが規格外なのは今に始まったことじゃないもんね」

「え、そんなことはないけど……」

「そんなことあるよ。っと、おかえりなさい！」

「うん、ただいま」

店内に入ったときの印象が強すぎてうっかりしていたと、ヒメリは舌を出して笑った。

「フォレストキャットの数もそうだけど、あれ!!」

「ああ、キャットタワーか」

ヒメリが見て驚いたのは、太一が作った大きいキャットタワーだ。

店内の隅に設置してあって、その高さは天井まである。小さいキャットタワーと同様に、こちらもデザインテーマは森。

葉や花だけではなくて、フォレストキャットが遊べるように小さなネズミのおもちゃなどもつけてある。

天井までに六段ほどの足場があり、さらに頂上には橋がつけられていて……もう一つ作った隣のキャットタワーまで歩いていけるようになっている。

「これはフォレストキャットが遊ぶための設備なんだ」

太一はキャットタワーの説明をして、実際にねこじゃらしを使って遊んでみせる。

すると、サクラがやってきて、小さな手で必死にねこじゃらしにじゃれている。『みゃっみゃっ』と鳴く声がとても楽しそうだ。

「わあ、可愛い！」

それを見て、ヒメリがやってみたくならないわけがない。目をキラキラさせて、こちらに手を出してきた。

「私も！　私もフォレストキャットと遊びたい!!」

「もちろん。ねこじゃらしもボールもいっぱいあるし、フォレストキャットは一〇匹もいるからね」

むしろ遊んであげる人間が足りないくらいだ。

(遊ばなすぎてストレスになっちゃわないようにしないと)

とはいえ、群れなので仲間内でじゃれて遊んだりはするだろう。

(俺が遊びたくて仕方ないというのもあるけど……)

太一がヒメリにねこじゃらしを渡すと、後ろから『ボクたちも遊ぶ～！』とケルベロスが突進してきた。

「うおっ」

『遊ぼ〜！』

『お留守番頑張ったもん！』

『……遊びたいな』

ケルベロスのつぶらな瞳……だけではなく、その後ろにはベリーラビットもいる。みんな、太一と遊びたくて仕方がないようだ。

本当はヒメリと話をしたら寝ようと思ったのだが……それはやめだ。

カフェを経営している以上、昼夜逆転生活はあまりよくない。夜まで頑張って働いて、早めに寝るのがいいだろう。

そうすれば昼夜逆転せず、いつも通りのサイクルで過ごすことができる。

「よし、遊ぶか！」

『『『やった〜！』』』

『『『みっ！』』』

ということで、今日は思いっきりみんなと遊ぶデーだ。


カシャカシャッと、ヒメリがねこじゃらしを使う音が響く。

それに合わせて突撃してくるのは、サクラとカエデだ。この二匹は体長二〇センチほどと一番小さくて、ひときわ仲もいい。

「わあああぁっ、すごいジャンプ力！」

ヒメリがねこじゃらしを上にあげると、サクラとカエデがジャンプする。そのまま空中で体をひねり、綺麗《きれい》に着地。

さすが、運動神経がいい。

『みゃーっ！』

『みゃううっ！』

思い切りねこじゃらしを追いかけたら、二匹はいったん離れ、獲物を狙う姿勢をとる。そして再び機会を窺《うかが》い——飛びつく！

『『みゃっ!!』』

「おっとぉ〜！」

それをヒメリが華麗なねこじゃらし捌《さば》きで回避し、二匹を遊ばせる。

(あれ、ヒメリってもしかして俺よりねこじゃらし上手《うま》くないか？)

ヒメリは手首のスナップがよく利いていて、さらに小柄な体も存分に生かしてねこじゃらしを操っている。

おそらく生まれつきセンスがいいのだろう。

さすがだなあと感心していると、『タイチー！』と名前を呼ばれた。

見ると、ケルベロスがボールをくわえてやってきた。太一が投げたボールをとってきてくれたようだ。

首が三つあるので、投げたボールも三つ。

うち二つは、鈴入りの毛糸ボール。どうやらこの鈴入りを誰がとるかが決まらず、戻ってくるのに時間がかかっていたらしい。

太一はケルベロスからボール三個を受け取り、壁に向かって投げる。

すると、チリリンと軽やかな音が鳴り、転がっていく。ケルベロスが楽しそうに追いかけて、ボールをぱくりと口でくわえた。

今度は誰が鈴入りボールにするかもめなかったようで、すぐに戻ってきた。

「おー、早い！」

『えへへ、すごいでしょ～！』

『これくらい朝飯前だよ！』

『上手くとれたよ！』

三匹とも、とっても嬉しそうだ。

「んー……ここだと、ちょっと狭いかな？」

『『『ん？』』』

太一は再びボールを受け取りながら、うーむと考える。

今までは特に気にせずボール遊びをしていたけれど、フォレストキャットが一〇匹増えたのでなかなか走り回りづらくなった気がするのだ。

（せっかくだから、裏庭に遊べるスペースを作ってみるとか？）

ミニドッグランのようなものだ。

「よし、せっかくだから少しやってみるか！」

『何をするの？』

『どういうこと～？』

『なになに？』

ケルベロスが首を傾《かし》げて、もう遊ばないの？　と、言いたそうにしている。やはり、店内でおもいきり遊ぶには限界がある。

（いや、ケルベロスの限界っていったら果てないかもしれないけど……）

そんなことを太一が考えていると、ヒメリから声をかけられた。

「タイチ、そろそろ開店時間になるよ。フォレストキャット、まだテイマーギルドに登録してないでしょ？」

「あ、そうだった」

従魔を使って人と関わる仕事をする場合は、テイマーギルドへの登録が必要になる。

「じゃあ、フォレストキャットを連れてちょっと行ってくるよ。店をお願いしててもいい？」

「もちろん。いってらっしゃい」

「いってきます」

残念そうな顔を向けてくるケルベロスにはあとで遊ぶ約束をし、太一はフォレストキャット一〇匹を連れてテイマーギルドへ向かった。

閑話　わんわんフライングディスク

『えいえいっ！』

『おお、こいつなかなか素早いぞ～！』

『追いかけろ～』

ケルベロスがボールをコロコロ転がしながら楽しそうに遊んでいるのを見て、ルークは『ふん』と鼻で笑う。

『なんだ、まだそんなボールに満足しているのか？』

『ガーン！　これとっても楽しいよ！』

『何が駄目なの!?』

『ルークも一緒に遊ぶ？』

ケルベロスが口々に言うけれど、ルークにはボールよりもっといいものがある。

『オレにはこれがあるからな！』

そう言ってルークが取り出したのは、太一《たいち》が作ってくれたフライングディスクだ。

『『『何それ、ずるい！』』』

いつもボールで遊んでいたケルベロスは、フライングディスクが気になって仕方がないようだ。

しかもルークが自慢してくるので、ことさらに。

『なんだ、遊びたいのか？』

ふふんとルークが聞くと、ケルベロスはぐぬぬという顔になる。しかし、遊びたいという欲求はフライングディスクを見せられたことによりどんどん高まってしまう。

『タイチが作ってくれたんだ！』

『『『遊ぶ！』』』

ルークの一言に、ケルベロスが吠《ほ》えた。


そしてやってきたのは、もふもふカフェの裏庭だ。

本当であれば広い草原などに行きたいのだが……さすがに、二匹だけで遠くに行くわけにもいかないのでここで我慢する。

ケルベロスは尻尾をぶんぶん振りながら、ルークを見る。

『それでそれで？』

『遊び方は？』

『早く遊ぼう！』

せかすケルベロスに、ルークは『まあ待て』と大人の余裕を見せる。

『これはフライングディスクといって、飛ばしあって地面ギリギリでキャッチしたほうが勝ちだ』

『へえぇぇぇ〜』

『ルールは簡単だね！』

『頑張るよ！』

ということで、二匹のフライングディスク遊びが始まった。

まずはルークが口にくわえたフライングディスクを、体の回転を使い思いっ切り投げる。ぎゅんと加速するフライングディスクを追いかけ、ケルベロスがくわえようとして——

『よーし、任せて！』

『ボクが取るよ』

『えっえっえっ!?』

『『『…………』』』

誰が取るか決めておらず、ぽとりと地面に落ちた。

地面に落ちたフライングディスクを見つめて、ケルベロスの耳と尻尾がしょんぼり垂れ下がる。

『わーん、失敗！』

『ここから挽回だ！』

『思いっきり投げよう！』

代表してクロロがフライングディスクをくわえ、ルークのことをキッと睨《にら》む。精一杯、やってやんぜオラという気持ちを込めている。

ケルベロスは助走をつけ、渾身《こんしん》の力を込めてフライングディスクを投げ――ぽとり。

『『『!?』』』

無情にもフライングディスクは地面に落ちた。

『ははは、下手だな!』

しかもルークに笑われてしまった。

『むきー!』

『仕方ないでしょ、ボクは初めてだったんだから!』

『ルークばっかりたくさん遊んでてずるいよ!』

ぷんぷんと、ケルベロスが頬《ほお》を膨らませて怒る。

『よし、もう一回だ』

クロロがもう一度フライングディスクをくわえて、何度か投げるそぶりを行う。先ほどよりは体が安定しているようなので、きっとコツを掴《つか》めたのだろう。

『よーし、いくぞ!』

『任せて!』

『いっけぇ~!』

もう一度勢いをつけて、ケルベロスがフライングディスクを投げて――ぽとり。

『『『……!?』』』

再び無情にも地面に落ちた。

『ぴえぇぇ』

『なんで飛ばないの!?』

『難しい……』

ケルベロスは瞳をうるうるさせながら、落ちてしまったフライングディスクを見つめる。すると、ルークがひょいっとくわえて拾い上げた。

『お前たちには、まだ早かったみたいだな』

まさに大人の余裕が醸し出されていて、ケルベロスは歯をギリギリさせた。


そして、夜。

『タイチ、フライングディスク作って〜』

『ルークよりもすごいやつ!』

『肉球さわってもいいからぁ〜!』

ケルベロスは太一に甘えて、フライングディスクをおねだりする作戦に出た。

もちろん、ケルベロスからおねだりをされた太一はデレデレになっている。これはもう、気合を入れてフライングディスクを作らなければ! と。

そして肉球にさわりたいと顔をとろけさせている。

「ケルベロスは、どんなのがいいとか希望はあるのか？」

『『『希望……』』』

太一の言葉に、ケルベロスは悩む。ルークよりすごいのがほしいだけで、特に具体的なことは何も考えていなかった。

『ルークのよりも、大きいとか？』

『すごいってことがわかるように、重たいのはどうかな？』

『カラフルな色だと目立っていいかも？』

「うーん……」

それぞれの要望を聞き入れると、大きくて重くてカラフルな円盤ができあがりそうだ。大きいのは問題ないかもしれないが、重いと飛ばないのでは？　と、太一は考える。

『駄目なの？』

ノールがうるうるしながら見つめると、太一は考えながらも頷《うなず》いてくれた。

「まあ、上手《うま》くいかなかったらまた作り直せばいいもんな。【創造（物理）】っと！」

太一がスキルを使うと、ケルベロスの体くらいの大きさのフライングディスクが現れた。色は派手に虹色で、重さはなんと三〇キロだ。

「うおぉぉ、筋トレだ……」

『わあぁぁっ、すごい！』

『ルークのフライングディスクより大きい！』

『ボクたちのが一番だ～！』

わーいわーいと喜んで、ケルベロスはできあがったフライングディスクをくわえる。三〇キロという重さなので太一は心配していたが、ケルベロスにはなんてことない重さだったようだ。

嬉《うれ》しそうに軽々とくわえている。

『『『タイチ、遊んで～！』』』

「えっ!?」

ケルベロスがフライングディスクをやろうと誘うと、太一は明らかに動揺した。

『駄目なの？』

「いや、駄目じゃないんだけど……とりあえず、店の裏庭に行ってみるか」

『『『やったぁ～！』』』


店の裏庭にやってきて、ケルベロスは太一にフライングディスクを渡す。

『さあ来い！』

『上手くキャッチしてみせるよ！』

『タイチと一緒に遊べるの嬉しいな～！』

「…………」

はしゃぐケルベロスとは対照的に、太一はずしりと重いフライングディスクに嫌な汗をじわりとさせている。こんな重いものを、投げられる気がしない。

「砲丸投げか……？」

しかしケルベロスの瞳はきらきら輝いているので、投げないという選択肢はない。

「いくぞ、どっせーい！」

太一が体全部を使って、思いっきりフライングディスクを投げる。空高く飛んでいけ——という願いはむなしく、一メートル先に落下した。

『『え……』』

そしてがっかりしたケルベロスだ。

「俺はお前たちと違ってか弱いんだ……うぅ、筋トレしよう」

『なら、ボクたちが投げる係するからタイチがキャッチする？』

『それはいいアイデアかも！』

『どっちも楽しいね！』

「いやいやいやいやいやいや、控えめに言って死ぬから!!」

ケルベロスの投げた三〇キロの巨大フライングディスクが飛んでくるなんて、考えただけでぞっとする。

『『『ちぇぇ〜』』』

ほっぺたを膨らませつつも、ケルベロスは素直に頷いてくれた。

『タイチが怪我《けが》したら嫌だもんね』

『とりあえずボクが投げるから、どっちかがキャッチするっていうのは？』

『それ、いい〜！』

クロロが投げて、ピノとノールのどちらかがキャッチする係をするようだ。確かにそれなら、楽しく役割分担ができるのかもしれない。

『よーし、いくよ！　それー!!』

クロロがフライングディスクを思いっきり投げ――進行方向にあった木がばきっと音を立てて折れてしまった。

「ひょえ……っ」

『『あっ……』』

『ごめーん、ミスっちゃった！』

「重いのは禁止だ〜〜っ！」

このままでは事故が起きかねないと判断した太一により、もふもふカフェでは重さのあるおもちゃは禁止になった。

4 もふもふにメロメロ

もふもふカフェは、レリームの街の郊外にある。

街の門から外へ出ると郊外で、スライムやベリーラビットなどの弱い魔物が生息している。けれど危険はほとんどないので、見回りの兵士や通りがかった冒険者たちが倒しており治安は別段悪くない。

周囲には農場やほかの建物がぽつぽつあり、かなり落ち着いた環境だ。その分、街へ行くのは少し歩くけれど。


門のところまで行くと、太一《たいち》を見つけた門番が手を上げた。

「お、テイマーじゃないか！　久しぶり……って、なんだその魔物は!!」

「こんにちは。フォレストキャットっていう魔物で――」

「そんなことは知ってる、数の話をしてるんだ!!」

「え」

太一の後ろには、ウメを先頭にしてフォレストキャットが一〇匹。綺麗《きれい》に二列に並んでついてきてくれている。

（大人しくてお利口さんだ）

その光景を見ただけで、ちょっと……いやかなり、頬《ほお》が緩んでしまう。

「まったく、本当に規格外だな……。しばらく見かけなかったが、フォレストキャットをテイムしにアーゼルン王国まで行ってたのか？」

「そうです。この国にはフォレストキャットがいないって聞いたので、ルークと一緒に」

「ウルフキングが一緒なら、道中も安全だろうな」

（魔物に遭遇しても、ルークが一瞬で倒しちゃうもんな）

その点に関しては、かなり安全な旅だった。

「とっても。ルークは頼りになる相棒ですからね」

「違いないな。っと、身分証を確認するぞ」

「はい」

太一は身分証のテイマーカードを取り出して、兵士に見せる。

街に入るときは、見張りの兵士に身分証の提示がいる。

「確かに確認した。通っていいぞ」

「ありがとうございます」

これ以上の立ち話は迷惑になるので、太一は街へ入った。

街は以前と同じ賑《にぎ》わいを見せており、帰ってきたんだという実感が湧いてくる。

行きかう人からの視線が多い気がするのは、きっと二列に並んだフォレストキャットを連れているからだろう。

（もしかして、街の人はすでにフォレストキャットにメロメロになってたり？）

愛くるしいこの外見だから、それも不思議ではない。

とはいえ実際は、たくさんの魔物を連れている人がそうそういないため珍しがられているだけだ。

「んじゃ、街に入ったからテイマーギルドに行って登録しよう。人が多いから、迷子にならないように気をつけてな？」

『ええ。ほかの子も、あちしが見てるから大丈夫よ』

「それは頼もしいな」

フォレストキャットは数が多いけれど、ウメが群れのボスとしての役割を十分に果たしてくれているので、それほど手はかからない。

『みんな、ちゃんとあちしについてくるんだよ』

『『にゃっ！』』

しかもみんな遊ぶのが大好きの、素直ないい子ときている。

街の中を歩いている今も、ちゃんと列を崩さずについてきてくれる。

（本当に偉いなぁ……）

テイミングした魔物だからだが、普通の猫だったらこうはいかない。

自分の後ろをちょこちょこついてくるフォレストキャットを見ていたら、あっという間にテイマーギルドへと到着した。

（うぅ、もっとゆっくり歩いてこの時間を堪能したかった！）

そんな風にがっくり肩を落とすも、振り向いた際に見たフォレストキャットがどうしたの？　とでもいうように、『にゃ？』と首を傾《かし》げて鳴いたので満たされた。

テイマーギルドのドアを開けると、「こんにちは」と中から声が聞こえてくる。受付嬢をしている、シャルティだ。

「こんにちは、シャルティさん。ちょっと待ってくださいね〜」

「ん？　ん、ん、んんんっ!?」

「さ、みんなおいで」

太一は開けたドアを押さえて、フォレストキャット一〇匹を中へと入れる。それを見たシャルティが、大きく目を開けて驚いている。

「またそんなに大量の従魔を……!?　嘘《うそ》でしょ、タイチさんのテイミングレベルっていったいいくつなの？　でも、スキルのことを聞くのはよくないし……」

とんだ規格外だと、ため息をつく。

太一には驚かされてばかりの、テイマーギルドの受付嬢シャルティ。

肩下まである水色の外はねの髪は、カラフルなピンで留められている。ピンクの瞳と八重歯の可《か》愛《わい》い、一〇代後半の女の子。

もふもふカフェ用の店舗を探してくれたりと、太一がとてもお世話になっている人物だ。

そして、もふもふの魅力に取りつかれた一人でもある。

「まあ、図鑑でフォレストキャットを見たときのタイチさんの食いつき具合はすごかったですからね。……それでも、テイムしてくるのは数匹かと思ったんですが……私の考えが甘かったみたいです」

頭を抱えるシャルティに、太一は乾いた笑いを返すことしかできない。

「ベリーラビット一〇匹という前科がありますけど、まさかもう一度やられるなんて……。まあ、とりあえず登録しちゃいますね」

「あはは……お願いします」

シャルティは手際よく登録をして、「いい子ですね」とフォレストキャットを撫《な》でる。

「カフェに行けば、この子たちとも触れ合えるんですよね？」

「そうです。専用のおもちゃも用意したんで、ぜひ遊びに来てください」

「魔物用のおもちゃ、ですか……。相変わらず、タイチさんは私たちの斜め上をいってくれますね」

何人ものテイマーを見てきたシャルティだが、従魔用におもちゃを作っている人は今までいなかった。

あるとすれば、訓練用の道具を作るくらいだろうか。

「それにしても、大人しくていい子ですね」

シャルティがウメを撫でると、『にゃう』と鳴いた。

「みんなお利口さんですよ。俺の言うことをよく聞いてくれますし、ここに来る間もちゃんと並んで歩いてくれましたよ」

「へぇえ、偉いですね」

『そんなの当たり前よ。あちしは、アンタと取引をしたんだから』

「そういえばそんな話もあったな」

太一としてはもう仲間のつもりだが、ウメとしてはテイミングしたからといって一方的によくされるのはどうもむず痒《がゆ》いようだ。

『……でも、人間に襲われないっていうのはなんだか不思議な気分ね』

「あー、そうだな。どうしても、人間と魔物は戦うから……」

むしろ、レベルを上げるために魔物を狩るという冒険者はとても多い。

『アンタのそばは安全だから、助かるわ』

「それはよかった。テイムされていれば襲われることもないから、安心してくれ。……あ、でも勝手にカフェから出たり俺のそばを離れるのはなしな。もしかしたら、従魔だと気づかず襲ってくる人がいるかもしれないから」

『わかったわ』

太一とウメが会話しているのを見て、シャルティは「何を話してるんですか？」と興味深そうに聞いてくる。

「人間が襲ってこないのが不思議だ、って」

「やっぱり冒険者に遭遇したら……怖いですよね」

『すぐに逃げるわね』

「逃げるそうです」

太一が苦笑しながら、ウメの言葉をシャルティに伝える。

シャルティはうんうんと頷《うなず》き、しかしこればかりはどうにもできないとお手上げのポーズをとった。

「従魔と会話できるスキルは便利ですけど、こういう話を聞くのは少し辛《つら》いですね」

「そうですね。……でもその分、俺が幸せにしてあげられるよう頑張ります」

「タイチさん……」

にこりと微笑《ほほえ》んで言う太一に、シャルティはわずかに目を潤ませる。

ここまで魔物のことを考えてくれる人は、テイマーの中にもそうはいない。どうしても、弱い魔物しかテイミングできないからやめてしまう人が多いのだ。

「私もできる限りのサポートをさせていただきますね！」

「わ、それは心強いですね。今後もよろしくお願いします、シャルティさん」

「お任せくださいっ！」

テイマーギルドで登録を終えた太一は、ひとまず店のことをヒメリに頼んでケルベロスと裏庭へやってきた。

もふもふが増え、店内のスペースだけでは遊ぶ際に少し手狭になってしまったからだ。

『わー、お庭の大改造？』

『お花畑とかどう？』

『ちょうちょくるかな？』

「そんなに改造はしないぞ……？　蝶々《ちょうちょう》は、春になったらくる……かな？」

ケルベロスの要望を聞き入れていたら、裏庭がとんでもないことになってしまいそうだと太一は苦笑する。

あまりハデにして変な注目を浴びたくはないので、普通に……普通に……。

「まずは、裏庭をぐるっと囲む柵だな。【創造（物理）】」

太一がスキルを使うと、肉球の模様がデザインされた白い柵が裏庭をくるりと囲む。さらに、裏庭へ入る入り口にはカフェのロゴマークを入れる。

『おぉ〜！』

『いい感じ！』

『早く春がこないかな〜♪』

ケルベロスは庭を駆け回って、楽しそうにしている。

もっと喜んでもらえるように気合を入れないとと、太一は次に作るものを考える。

とはいえ、ドッグランは犬たちが駆け回って遊ぶので物は置かない。外用のボールと、片付けられる小さな物置があれば十分だ。

「まずは物置を【創造（物理）】してっと」

すると、赤い屋根の物置ができあがった。

オフホワイトの壁には肉球のデザインが入っていて、形も犬小屋をイメージして作ってある。大きめの犬小屋といったところだろうか。

（……あれ？　でもこれって、ルークが元の大きさになったらちょうどよかったり……？）

伝説の魔物フェンリルが犬小屋でくつろぐ姿をうっかり想像してしまって、噴き出しそうになる。番犬ならぬ、番フェンリルだ。

（めっちゃ強そう！）

しかし、こんなことを言ったら怒られるのは目に見えているので、そっと太一の中だけにとどめておく。

『可愛いお家《うち》だ～！』

『でも、家にしては狭いよ？』

『みんなで入ればくっつけるから楽しいよ』

できあがった犬小屋物置の前を、ケルベロスがうろちょろして感想を述べる。どうやら生活空間だと思い込んでいるらしい。

（そんなところがめっちゃ可愛いぞ……!!）

「これは物置で、外で使うボールとかをしまっておくんだ」

『『あ、なるほど～！』』

勘違いだったと気づき、ケルベロスは『えへへ』と笑う。

『なら、遊んだ後はここでお片付けだね！』

「そうだな。それと、隣に足を洗う場所を設置しておきたいな。【創造（物理）】」

スキルを使うと、犬小屋物置の隣に足洗い場ができあがった。

淡い色合いのレンガで作られており、蛇口がついている。捻《ひね》るとすぐに水が出てくるという、便利な仕上がりになっている。

「……あ、水道だと駄目だ」

自分と従魔、アルバイトをしてくれているヒメリならばいいが……ほかの人に日本の水道を見られるわけにはいかない。

この世界は井戸を使っているので、こんな設備があると知られてしまったら……考えただけでも恐ろしい。

もう一度【創造（物理）】スキルを使い、井戸から水を汲《く》み上げて足を洗うように改造しておく。

「これで問題ないだろう」

ふうと一息つくと、ケルベロスが『お疲れさま～！』と労《ねぎら》ってくれる。

『完成？』

『いい感じ！』

『ボール遊びだ！』

「そうだったな。外用のボールも【創造（物理）】」

もう一度スキルを使うと、太一の手の中にボールが現れた。

一つではなく、カラフルなものを複数。しまう箱も用意して、投げて遊ぶ用の三つ以外はしまっておく。

「よーし、いくぞ！」

『『『わーい』』』

太一がボールを三つ、リズミカルにポン、ポン、ポンと山なりに投げる。

ケルベロスは急いで走っていって、ジャンプしてそのボールをぱくりと口でナイスキャッチ！

そして着地と同時に大地を蹴って、再び宙へ。

二つ目、三つ目のボールも口でくわえてキャッチしてみせた。

「おお、すごいぞ〜！」

『えへへ、ほめてほめ——あ』

『これくらい簡単にで——あ』

『上手にできたでしょ——あ』

太一に褒められたのが嬉《うれ》しかったケルベロスは、それぞれ返事をしたのだが——喋《しゃべ》ろうと口を開けた途端くわえていたボールを落としてしまった。

『『『………』』』

耳をぺたりと折って、ケルベロスがしょんぼりする。どうやら、太一に直接ボールを渡したかったようだ。

しかし不謹慎ながら、太一はその様子が可愛くて可愛くて仕方がない。

「大丈夫、まだまだ投げるから！」

『やったぁぁあ』

『約束！』

『もっと遊んで～！』

落ち込んだケルベロスはぱっと表情を明るくして、太一に『早く』とボール投げをせかす。

「ボールも俺も逃げないから、大丈夫！　――それっ！」

太一はかけ声とともに、先ほどと同じようにボールを山なりに投げる。

気合の入っているケルベロスは、ボールが投げられた瞬間に地を蹴った。太一の期待にこたえるかのように、速く、速く、速く――。

ちょうどボールが山なりになって、落ちる直前。ケルベロスは、ぱくりとボールを見事に口でキャッチした。

先ほどより早いタイミングだというのに、とても上手だ。

「すごいなぁ、ケルベロスは。えらいぞ～！」

『えへへぇ～』

『ボクたちはお留守番だってしたんだから、このくらいは当然！』

『上手《うま》くできてよかった』

「みんな偉い偉い」

太一はケルベロスをわしゃわしゃ撫でて、これでもかと褒めちぎる。

そして再びボールを手にして、同じように投げようとして――それじゃあ芸がないと、今度は三つ同時に投げてみた。

『『『――!?』』』

ケルベロスもタイミングが違うということに気づいたようだが、すでに走りだした後。

さて、どうするのかお手並み拝見――と思ったのも束《つか》の間《ま》。

先ほどよりも高くジャンプしたケルベロスは、一つ目のボールをくわえ、そのまま空中で体を捻って二つ目、三つ目のボールもキャッチしてしまった。

「うわ、すごい……」

さすがにこんな芸当を見せられたら、称賛するしかない。

うちの子はやっぱり最高だ！　そう思いながら、もうしばらく太一とケルベロスはボール遊びを楽しんだ。


「ちわっす！　――って、なんだこれはっ!!」

カランとドアベルを鳴らして入ってきて、すぐさま驚きの声をあげたのは——常連の商人だ。

よくほかの街へ仕入れに行ったりする人で、その際に郊外にあるもふもふカフェを見つけてくれた。

「いらっしゃいませ」

「あ、店主さん！　久しぶりですね」

「お久しぶりです。この子たちは、フォレストキャットです。魔物図鑑で見つけて、どうしてもお迎えしたくてテイムしに行ってたんですよ」

太一が理由を説明すると、商人は「なるほど～」と深く頷いた。

「テイムしに行ってることはヒメリちゃんに聞いて知っていましたが、まさかこんなに可愛い子や美人の子がいるもふもふだったなんて……いや、さすがは店主さんですね！」

「あはは、ありがとうございます。ついさっきテイマーギルドで登録をしてきたので、フォレストキャットのお披露目は今日が初なんですよ」

「おお、それはいいタイミングで来ることができましたね」

ぜひたっぷり堪能しなければと、商人が笑顔を見せる。

——とはいえ、彼にもお気に入りのもふもふがいる。

「いつも通り、お茶とパスタセットをお願いします。あとモナカちゃんは……」

『みっ！』

「ああああ～いつの間に私の足元に!?　はあぁぁ～可愛いでちゅ……あれ、その子は」

『みみ～』

『みゃう』

商人のお気に入りは、白と黒のブチのベリーラビットのモナカだ。

モナカも彼のことは気に入っているようで、姿が見えたので自発的に来てくれたらしい。けれど今日は、隣にフォレストキャットのユーカリがいる。

どうやら二匹は遊んでいるうちに仲良くなったようだ。

ベリーラビットが『みっ！』と鳴いて、商人にユーカリのことを紹介している。

「店主さん、モナカちゃんと仲良しなこのフォレストキャットちゃんのお名前は!?」

「その子はユーカリです」

「ユーカリちゃん!!　なんて気品のある可愛い名前なんだ」

ユーカリに似た淡い色の丸みをおびた葉が、ちょうど足首のあたりから生えているフォレストキャットだ。

「店主さん、さっきの注文にくわえておやつもお願いします！」

「ありがとうございます」

もふもふカフェでは、もふもふたちへ持ち込んだ食べ物類をあげることは禁止している。その代わり、おやつのうさぎクッキーを購入してあげることができるのだ。

このおやつは正直……人間が食べてもとても美味《おい》しくできている。もちろん、もふもふたちからも大好評で、おやつを手にしたら一気に人気者になれてしまう。

カウンターに常備しているおやつを一袋渡し、太一は注文されたお茶とパスタを用意するため奥へと下がった。


「ユーカリちゃんがモナカちゃんと特別仲良しなら、これは推さないわけにはいかない……!!」

モナカ同様たっぷり可愛がって、おやつも優先的にあげよう。そしてもっともっと通って、自分のことをしっかり覚えてもらわなければと鼻息を荒くする。

「そのためには、おやつをあげてもっと仲良く――」

「こんにちは」

商人がおやつの袋に手をかけたところで、ねこじゃらしとボールを手にしたヒメリがやってきた。

おやつがもらえると思っていたモナカとユーカリは、商人がその手を止めてしまったことにしょんぼりとして耳を下げる。

「ああ、ヒメリちゃんか。ちわっす!」

「これ、タイチが作ったおもちゃなんだけど……試してみませんか?」

そう言ったヒメリの目が、きらりと光る。

「新しいおもちゃ？　ぜひ!」

「そうこなくっちゃ!　フォレストキャットが特にこのおもちゃを大好きで、こうやって使うんですよ」

ヒメリはねこじゃらしを動かし、商人に手本を見せる。

ひらりと動くねこじゃらしを見て、ユーカリは体を低くしてとびかかる体勢をとる。

「おおっ！」

その動作を見た商人が、思わず声をあげる。なんて可愛いポーズなんだ、と。そして次の瞬間、ユーカリがねこじゃらしに飛びかかった！

それを見た商人は、思わずユーカリとヒメリに拍手を送る。

「うわ、すごいすごい！」

「こんなこともできちゃうんですよっ！」

ヒメリがねこじゃらしを高く上げると、それを捕まえようとしてユーカリもおもいっきりジャンプする。

ねこじゃらしに前足の先でちょっと触れて、上手に着地をした。

「わあああ、可愛い可愛い！　ユーカリちゃん、とってもいいね！　単体でも可愛いけど、モナカちゃんとユーカリちゃんが並ぶと絵になるね！」

まさに芸術的な素晴らしさがある！　と、商人は大絶賛。

「気に入ってもらえたようでよかったです。こっちのボールは中に鈴が入っているので、転がすだけでもフォレストキャットたちが遊んでくれますよ」

「へぇぇぇ！　すごい、画期的だ!!」

「タイチが作ったんですよ」

ヒメリは説明の代わりに、ボールを投げてみせる。

転がりながらチリリンと音を鳴らす。すると――店内のフォレストキャットたちが一斉にボールへ視線を向けた。

「わわっ」

「これはたまらないっす……！」

ヒメリも驚いてしまうほどで、おもちゃの効果が絶大だということは一瞬でわかった。

投げたボールにはフォレストキャットたちが集まってきて、みんなで仲良く遊んでいる。

「……まあ、あんな感じで遊んであげてください」

「たくさん遊ぶしかない」

ごくりと唾を飲み、しかしフォレストキャットたちがボールに群がっているので取りに行けないことに気づく。

さすがにみんなでちょいちょいとボールをつっついたりしているところに入っていく勇気はない。怒られてしまうかもしれないし……。

どうしようか困っている商人を見て、ヒメリが「大丈夫ですよ」と微笑む。

「なんと、あそこにたくさんありますから」

「うお、すごい……！」

ヒメリが指さした先には箱があり、その中にボールが二〇個ほど入っている。さらにその横にある筒には、一〇本ほどの種類の違うねこじゃらしが入っていた。

好みがあるし、予備も必要ということで太一が多めに用意したのだ。

「遊び終わったおもちゃは、また箱の中に戻すようにご協力お願いしますね」

「了解！　よおし、いっぱい遊ぶぞ～！」

商人は箱の中のボールを三つ手に取って、まずは振ってみる。すると、中の音がチリリンとなってフォレストキャットたちの視線が自分に向けられる。

「しゅごい、おやつをあげようとしてるわけじゃないのに……みんなが私を見てくれている」

こんなの、メロメロにならないわけがない。

「よっし、いくぞー！」

商人がフォレストキャットたちが集まっているのと逆の壁へボールを投げると、『にゃっ！』と鳴いて全員がダッシュする。

『みゃみゃっ！』

『にゃー！』

『みんな、あんまりはしゃぎすぎないように注意するんだよ！』

『『みゃんっ！』』

ウメが心配そうに言うも、フォレストキャットたちはボールめがけて突っ込んでいった。

「すごいなぁ、楽しいなぁ……あ、一匹だけ追いかけてないのが……って、大きいな」

「その子は群れのボスで、名前はウメですよ」

「へえ、遊んでるみんなを見守ってるのかな？　偉いなぁ～！　よし、今のうちにウメにうさぎクッキーをあげよう！　ほら、美味しいよ～～」

『――！』

商人が差し出してきたうさぎクッキーを見ると、ウメはその美味しそうな匂いに鼻がぴくりと動く。

テイミングされてからもふもふカフェへの帰り道に、何度かこのクッキーをおやつとして太一からもらっていたのだ。

うさぎクッキーのあまりの美味しさに、とろけてしまいそうになったのを思い出す。

『ほしい……！』

ウメはトトトと商人のところまで歩いていくと、『ちょうだい』と言って商人の手にすりよっていく。

――のだが。

うさぎクッキーの味を知っているのは、ウメだけではない。

袋から出されたうさぎクッキーを見たフォレストキャットたちが、自分も食べたいと勢いよく商人に向かってきた！

「あわわわわっ!!」

予想外の襲撃にあった商人はその場に倒れこんで、あっという間におやつを食べられてしまったのだが――これはこれで幸せですと、後に語った。

閑話　落ち着ける場所

太一《たいち》にテイミングされたウメとフォレストキャットたちは、もふもふカフェへとやってきた。

安全なところに移動するとはいえ、今まで住んでいた森からまったく別のところへ行くので……

正直、ちょっとした不安はあった。

けれどもふもふカフェに着いてしまえば、そんな不安は一気に消し飛んだ。


ウメは太一の作ったキャットタワーを軽やかに登り、頂上からもふもふカフェの店内を見渡す。

フォレストキャットたちはすでに思い思いの場所で過ごしており、落ち着いている。昼寝をしていたり、ボールで遊んだり、ヒメリのねこじゃらしにじゃれたり。

『みんな楽しそうで、よかったわ』

これで一安心だと、ウメの肩の荷が少しだけ下りた。

ジャイアントクロウが巣穴の近くをうろつき、なかなか他所《よそ》へ行かなかったときはもう駄目かもしれないと何度も考えた。

食べ物も尽きかけて、もうジャイアントクロウに見つかるのを覚悟して巣穴から出なければいけない……という瀬戸際だったのだ。

それが今や、こんなにも快適な暮らしになった。

『しかも、タイチの作るご飯はすごく美味《おい》しい……』

さらに店内は空調が整えられているし、好きなときに眠ることができる。最初に入らされたお風呂は嫌だったけれど、綺麗《きれい》になるためなので我慢した。

また汚れてきたらお風呂だぞ～と言われたので、ウメは頑張って毛繕いをして清潔でいようと誓った。

『森の中じゃ、そんなことを気にする余裕もなかったからね……』

しかも、爪が伸びたら太一が切ってくれるし、足の裏の毛が邪魔だったらバリカンで綺麗に整えてくれるのだという。

衣食住の世話どころか、美容にまで気を使われている。

しばらく様子を見ていると、太一がウメのもとへやってきた。

「ウメ、もふもふカフェはどうかな？」

『とても過ごしやすいわね』

「そう？　ならよかった。もし不便があれば、遠慮なく言ってね。直せるところはすぐに直すからさ。ああ、リクエストもあればどうぞ」

『至れり尽くせりすぎるわよ』

ウメは太一の言葉に苦笑する。

けれど、太一はさも当然とでもいうような態度で、「そうかな？」と不思議そうにしている。

「俺はみんなのことが大好きだからさ、楽しく暮らせるようにしたいんだ。みんなが幸せだったら、一緒にいる俺も幸せだから」

猫の幸せは、太一の幸せ、だ。

そう言って太一が笑うと、ウメは『まったく……』と頬《ほお》を緩ませる。

『なら、一つだけ……お願いでもしようかしら』

「うん？」

ウメはキャットタワーのてっぺんに乗ったまま、前足でトントンと軽く壁を叩《たた》いてみせた。

『……ここから景色を見られたら、最高だと思うの』

「ああ、窓か！」

リクエストを聞いて、太一はぽんと手を叩く。

「そういえば猫の写真って、窓の外を見てるのが多いもんなぁ……よーし、すぐに窓を作ろう！」

かなりの無茶ぶりだったろうかと思っていたウメは、あっさりオーケーをもらえて逆に焦る。さすがに、窓が簡単にできないことくらいはわかる。

ボスということもあって、ウメはなかなかに頭がいいし物知りなのだ。

太一が脚立《きゃたつ》を用意して、それをキャットタワーの頂上の高さまで慎重に伸ばした。

『アンタ、もしかして今からやるつもり!?』

「もちろん。やっぱり外の景色を見るのって大事だし、ウメたちにはこの国のこともたくさん知ってもらいたいからね」

太一は微笑《ほほえ》みながら壁に手をついて、スキルを使う。

「ここに窓を作るっと……【創造（物理）】！」

　すると、一瞬で壁に窓ができてしまった。

『えっ!?　どういうこと!?』

　まったく予想していなかった展開に、ウメが慌てふためく。こんな風に何かを一瞬で作ることなんて、普通はできないはずだ。

「ああ、実はこれ俺のスキルなんだ。従魔しか知らないことだから、誰にも言わないでくれよ」

『当たり前よ、そんな意味不明なスキル!!』

　ウメは高速でうんうんと頷《うなず》いてみせた。

　どうやら、ウメは太一以上にちゃんと太一のスキルがやばいものだということを理解したようだ。

『アンタこそ、そんなとんでもないスキルをほいほい人前で使うんじゃないわよ』

「わかってるよ。だから秘密、ね？」

『……まったく、規格外のご主人様だわ』

　ウメはそう言って笑い、できたばかりの窓から外の景色を堪能した。


『にゃう』

『にゃあぁん』

『みゃっ』

『アンタたち、みんなここがお気に入りになっちゃったのね……』

太一の作った、キャットタワーから外を覗《のぞ》ける窓は……フォレストキャットたちから大人気になってしまった。

キャットタワーにはぎゅうぎゅうになるほどフォレストキャットが寄ってくるし、一番下では順番を待っている子もいる。

ウメはせっかく自分の特等席を作ってもらえたのに……と、息をつく。

『でもまあ、この子たちが外の景色を見るのも大事だものね』

いろいろなことを知ってほしいと、ウメは思っている。

そしてもしかしたら、将来は群れのボスにだってなることができるかもしれない。そういったことも考えると、自分も窓を使いたい！　とは、どうしても大きな声で言えない。

リーダーとして頑張っているウメは、実はそんな優しい一面があるのだ。

5 行き倒れのハリネズミさん

太一《たいち》がアーゼルン王国から帰ってきた翌日は、ちょうどもふもふカフェの定休日だった。

のんびり朝食をとり、一人でもふもふカフェの貸し切り状態を堪能だ。

「まさかこんなに早く、もふもふカフェが充実するなんて！」

太一の夢は猫カフェ経営だったけれど、フェンリルのルーク、ケルベロスのピノ、クロロ、ノール、ベリーラビットのマシュマロたち……。

どの子も大切な仲間で、家族だ。

そんな感じで幸せな時間を堪能していると、外から物音が聞こえた。

「ん？」

ルークはビーズクッションで寝ているし、ケルベロスはベリーラビットとボールで遊んでいる。

フォレストキャットは、楽しそうにキャットタワーを登っている。

誰も気にしていないので、外に置いてある看板か何かが倒れたのだろうかと太一は首を傾《かし》げた。

ゴミか何かが落ちているというのも嫌なので、ひとまずドアを開けて外を確認することにした。

「何もなければいいけど――えっ!?」

ドアを開けてみたら、なんとハリネズミのような生き物――が、倒れていた。

「え、なんだ？　い、行き倒れ……？」

『うぅぅ……お腹がすいて、もうダメきゅぅ……』

「えぇぇっ!?　た、大変だ！」

太一はうろたえながらも、ハリネズミらしき魔物をそっと抱き上げる。幸いなことに、針はとがっていない。

（というか、針？）

「って、今はそれどころじゃないんだった！」

慌てて店内に入り、太一はみんなに声をかける。

「お腹を空《す》かせたハリネズミが倒れてたんだ！　みんな、手を貸してくれ！　ハリネズミって、何を食べるか知ってるか？」

『えぇぇぇっ!?　大変！』

『とりあえずタオル持ってくるよ！』

『お肉食べたら元気になる？』

ケルベロスは太一の声を聞いて、すぐさまお手伝いをしてくれた。

タオルを持ってきてくれたので、その上にハリネズミを寝かせてあげる。

しかし残念ながら、何を食べるかまでは知らないようだ。

肉、野菜、果物など、大抵のものは揃《そろ》っている。

ただ、ハリネズミが何を好むかなどは詳しくわからない。体が小さいので、野菜や果物をあげてもよさそうだとは思う。

（というか、前にテレビで虫か何かを食べるって見たような……）

さすがに生きた餌はない。

というか、虫はそこまで得意ではない。

太一が悩んでいると、ウメが『これがあるだろう』と袋をくわえてやってきた。

「これ、販売してるうさぎクッキー？」

『そうだよ。テイマーのスキルで作るご飯やおやつは、体にもいいって聞くよ』

「知らなかった！　教えてくれてありがとう、ウメ。ひとまずこれをあげて、あとは水か……」

店内にも水飲み場はあるが、知らない匂いがついていたら嫌かもしれないので、太一は急いで新しい器に水を入れて持ってくる。

かなり衰弱しているので、うさぎクッキーは細かくくだいてハリネズミの前へ。しかし気を失っているためか、なかなか口を開こうとはしない。

（どうしよう、獣医なんていそうにないけど……）

太一が悩んでいると、ウメが『大丈夫よ』と、砕いたうさぎクッキーをハリネズミの口の中へと押し込んだ。

「ちょ……っ！」

『平気よ、見てなさい』

「…………あ、食べた」

弱々しくはあるのだが、確かにハリネズミの口がモグモグと動いた。

そして口の動きは次第に早くなって、しばらく食べて——カッと目を見開いてものすごい勢いでうさぎクッキーを食べ始めた。

夢中で食べて、最後にはたくさんの水を飲んだ。

（おお、元気そうでよかった！）

ハリネズミが満足するまでそっと見守ってから、太一はゆっくり声をかけた。

「大丈夫？」

『あ、これはこれは！　いやあ、危ないところを助けていただきありがとうございます！　自分、今度こそ干からびるかと思っちゃいましたよ！』

「君は……ハリネズミ？　なのかな？」

『自分は『鉱石ハリネズミ』です。結構レアな魔物なんですよ』


そう言ってにっと笑う、鉱石ハリネズミ。

体の大きさは一〇センチほどと小さいが、体の針の部分が宝石や鉱石になっていて目を奪われる。灰色や銀の針の中に、キラキラと光るルビーのような針も混ざっていてひときわ美しい。

喋《しゃべ》り方と声の感じからして、人懐《ひとなつ》っこい魔物のようだ。


鉱石ハリネズミはふうと息をついて、肩の力を抜いた。

そして太一を見て、ぺこりと頭を下げる。

『助けていただき、ありがとうございました。このまま飢えて死ぬかと思っちゃいましたよ！』

「倒れてたのがうちの前でよかったです。でも、どうして倒れてたんです？」

太一が理由を聞いてみると、鉱石ハリネズミはしょんぼりした表情を見せる。

そしてぽつりぽつりと――ではなく、勢いよく自分のことを話し始めた。

『自分は、番《つがい》を探して旅をしてるんす』

「つがい？」

『ようは、お嫁さんです！　キャ、言ってしまった。恥ずかしい』

鉱石ハリネズミは小さな手で顔を隠しつつも、指の隙間から目を覗《のぞ》かせて続きを話す。

『普段は獲物を狩って食べてたんですけど、この街の近くは冒険者たちが多くて。どうにも獲物を狩りに出られなくて……』

「なるほど」

冒険者が出歩く昼間は身を潜め、夜のうちに少しずつ、少しずつ移動してきたのだという。

ここ最近は、狩りの最中に冒険者に見つかりそうになったことが何度かあって……なかなか狩り自体もできなかったらしい。

鉱石ハリネズミは素材が貴重なこともあり、一度見つかってしまうと冒険者がしつこく追ってきて大変なのだそうだ。

『いやー、冒険者に挟み撃ちされたときはもう駄目かと思いました』

「それは……危なかったですね」

『ええ。背中の針を全部抜かれるなんて、考えただけでもおぞましい……』

「ひえっ」

確かにそれは想像しただけでびびってしまう。

(行き倒れてたのがうちの前でよかった……)

「綺麗《きれい》な針ですもんね、それ」

『自慢の針ですよ！　だからこそ、冒険者たちから狙われるんですけどね。……狩られすぎて、もう仲間もあんまりいないんです』

しゅーんとなってしまった鉱石ハリネズミとその現実に、太一はなんて言葉をかけたらいいのかわからない。

でも、一つだけ言えることがある。

「ここは安全ですから、疲れが癒《い》えるまでゆっくりしていってください」

『――！　いいんですか？』

「構いませんよ」

『こんな美味《おい》しいご飯までいただいたのに……ありがとう、ありがとう……！』

一階部分のカフェは、営業中に限り従魔しか入れないが……それ以外であれば問題はないだろう。

(もし話し相手や遊び相手が必要なら、何匹かは二階にいてもらってもいいし)

行き倒れるほど大変だった鉱石ハリネズミが、少しでもゆっくりできたらいいなと太一は微笑《ほほえ》んだ。


深夜、太一が寝静まったころ――もふもふたちは、店内に集結していた。

しばらく一緒に暮らすであろう、鉱石ハリネズミのことが気になったからだ。

ルークは鉱石ハリネズミをじろじろ見て、確かに最近はあまり見かけることがなかったことを思い出す。

ずっと前は、そこそこ数がいたはずなのに。

『自分みたいなのが突然お邪魔しちゃって、すみません』

『えー、気にしなくていいよ！』

『ここは安全だよ』

『みんなで一緒にいたほうが、楽しいよ』

鉱石ハリネズミの申し訳なさそうな言葉に、ケルベロスがぶんぶん首を振って返事をする。

『でも、ほかに仲間がいないって大変だね。ボクもそうなんだよ』

『『そうそう』』

『ケルベロスは……鉱石ハリネズミと比べたらずっとずっと希少じゃないですか』

こんな強い魔物がうじゃうじゃいたら、世界は終わってしまうのでは……と、鉱石ハリネズミは思わず考えてしまった。

しかし今の小さくなった姿だけ見れば可愛《かわい》く、とてもではないが簡単に街一つを滅ぼせてしまうようには見えない。

すごく懐っこくて、鉱石ハリネズミにもよくしてくれている。

本当に、本当に行き倒れた場所がこのカフェの前でよかったと鉱石ハリネズミは思う。

『ええと、みなさんはタイチさんとの付き合いは長いんですか？』

『『『……………』』』

鉱石ハリネズミの質問に、全員が黙る。

太一と一緒にいて充実した毎日を過ごしてはいるが、長いかと問われたらそんなことはない。

フォレストキャットにいたっては、アーゼルン王国からの帰り道を含めても一〇日と少ししか経《た》っていない。

沈黙してしまった一同を見て、鉱石ハリネズミは焦る。

『ええと、聞かないほうがよかったですかね？』

おそるおそる問いかける鉱石ハリネズミに、ルークが『別に』と答える。

『なんというか、タイチは特殊なんだ』

『特殊、ですか』

『従魔がこれだけいる時点で、普通のテイマーでないことくらいわかるだろう』

『――！』

ルークの言葉に、鉱石ハリネズミは確かにそうかもしれないと考える。

今までテイマーを見たことはあるが、そのほとんどが数匹、多かったとしても一〇匹は超えない程度の従魔しか連れていなかった。

『ここにいる魔物は……いち、に、さん、よん…………全部で、二二匹ですか？』

『そうだ。……事情があってな、タイチがここに来たのはつい最近だ』

『なるほど、そうだったんですか。遠くの、テイマーが盛んな国から来たとかですかね？』

鉱石ハリネズミが首を傾げると、ルークは適当に頷く。

『そんなところだ』


もふもふカフェのメンバーのなかで、太一が日本からこの世界にやってきたことを知っているのはルークだけだ。

とはいえ、日本がどんなところだったのかなど、詳しいことは知らない。

わかっているのは、太一が助けた猫の神様からとんでもない力を授かった――けれど弱い人間ということだけだ。

それから、この世界の常識がないということ。

ルークは太一と出会ったときのことを思い出して、わずかに頬《ほお》を緩める。

『オレは孤高のフェンリルだったが、タイチはどうにも弱くて危なっかしい。だから一緒にいてやってるんだ』

『気高きフェンリルにそこまで思わせるなんて、タイチさんはすごいんですね！』

『タイチにはオレがいないと駄目だからな！』

鉱石ハリネズミに褒められ、ルークは気分が上がる。

その様子を見たケルベロスが、声を合わせて『『『またまた〜！』』』と茶々を入れてきた。

『も〜、タイチのこと大好きなくせに』

『ルークって素直じゃないよね』

『素直に一緒にいたいって言お？』

『違う、心配だから一緒にいてやってるだけだ！』

『『『心配なら大好きだ』』』

『…………』

墓穴を掘ったようなルークの言葉に、ケルベロスたちがにやにやする。

ルークはツンツンツンツンツンデレくらいなので、自分の気持ちを素直に言うことはほとんどない。

しかしツンとした言葉の中には、こうして優しさが詰まっているのだ。

ケルベロスに図星を突かれてしまったルークは、シュッシュッと犬パンチを繰り出す——が、避《よ》けられてしまい当たらない。

『こら、避けるんじゃない！』

『むりー！』

『暴力反対！』

『素直になりなよ～』

ルークとケルベロスの攻防を見て、あわわわわと鉱石ハリネズミは焦る。

フェンリルとケルベロスが本気で戦ったら、この店は一瞬で倒壊してしまう！　――と。

『落ち着いてください！　そ、そうだ！　ケルベロスさんは、タイチさんが大好きですよね。どんな出会いだったんですか!?』

『『ボク!?』』

鉱石ハリネズミの言葉に、ケルベロスがぱっと表情を輝かせる。話をしたくてたまらない、そんな顔だ。

そしてすぐに、ルークとの犬パンチ対決をやめて太一との思い出を語りだした。

そう、あれはどこへ行っても人間たちから狩りの対象にされてしまっていたときのこと。

ケルベロスが隠れていたところに……太一とルークがやってきて、温かく迎え入れてくれたのだ。

『へえ、いい話ですね』

『いつも怖い思いばっかりしてたから……』

『人間から逃げてたんだよね。変に反撃したらもっと人間が来るし……』

『タイチと一緒にいるの、あったかくて好き』

鉱石ハリネズミとケルベロスの話を聞いて、ルークが『ちょっと待て！』とストップをかける。

『オレと戦って負けたという話が飛んでいるではないか!!』

『えー』

『今戦ったら次はどうかわからないよ！』

『仲良くしようよ～』

ルークは自分が戦闘に勝利したことをないがしろにするんじゃないと吠《ほ》える。

また犬パンチ対決が始まったら大変だと、今度はウメが口を開いた。

『あちしたちは、住処《すみか》とご飯を提供してもらっているのさ。きっかけは、ジャイアントクロウを倒してもらったことかね……』

『倒したのはオレだぞ！』

すかさずルークがウメの説明に補足を入れる。

自分の活躍を忘れられてはたまらないのだろう。

そんなやりとりを見て、鉱石ハリネズミは笑う。

『みなさん、タイチさんと素敵な思い出がたくさんあるんですねぇ！』

鉱石ハリネズミは、もふもふカフェの温かさに……心の隙間が埋まっていくような気がした。

「ふああぁぁ〜」

窓から朝日が差し込み、太一は自然と目が覚める。

今日の朝ご飯は何にしようか考えながら着替え、あくびをかみ殺す。

そしてふと、いつも太一の部屋で寝ているルークと、ベッドに潜り込んでくるケルベロスがいないことに気づく。

太一が寝るときはいたけれど、早起きでもしたのだろうか。

「みんなと一緒に下にいるのかな？」

不思議に思いながら、顔を洗って階下へ行くと……もふもふが大集合していた。

「おはよう、みんなでここにいたのか」

『ああ』

『『『みっ！』』』

『『『おはよう！』』』

『おはよう』

『『『にゃ〜』』』

『おはようございます！』

ルークの挨拶はそっけないが、尻尾がぱたぱた揺れているので嬉《うれ》しいのだろうということはわかる。

ほかのみんなは太一のところまで駆けてきて、足の周りにすり寄ってきた。

（ふあああぁぁここは天国か……）

思わず昇天しそうになるのをぐっと耐えていると、鉱石ハリネズミが『タイチさん！』と声をかけてきた。

「うん？　どうしました？」

『実は折り入って相談があるのですが……』

「お？　おお、もちろん」

いったい何事だ？　と思ったけれど、後ろではケルベロスをはじめみんながキラキラした目で鉱石ハリネズミのことを見ている。

どうやら悪いことではなさそうだと、太一は少し安堵《あんど》する。

『自分も、もふもふカフェに出てみたいんです！』

「えっ!?」

昨日はまったくそんなそぶりを見せなかったので、太一は驚く。

そもそも、鉱石ハリネズミは冒険者たちに狙われたりして怖い思いをたくさんしてきたはずだ。

それこそ、行き倒れてしまうほどに。

もふもふカフェには冒険者の常連もいる。いい人たちではあるけれど……鉱石ハリネズミが怖いと感じてしまうことがあるかもしれない。

（うーん、どうするのがいいだろう）

太一としては無理やり何かをさせるなど、そういったことをするつもりは一切ない。

「カフェに出てもらえるのは嬉しいけど、お客さんの中には冒険者もいるぞ。今はゆっくり休んでもいいと思うけど……」

『いえ！　……実は、夜の間にみんなと話をしたんです』

（だからルークもケルベロスも起きたらいなかったのか）

『話を聞いて、タイチさんのもとにいるのは楽しそうだと思ったんです。自分は番を探す旅をしていましたけど……ここでも、何かしらの出会いはあるかもしれません』

「そうだったのか。ありがとう、鉱石ハリネズミ」

（フェンリルとケルベロスがいるんだから、確かに珍しい魔物との出会いはありそうだ）

そんなことを考えつつ、さてどうしようかなと悩む。

もふもふカフェに出るためには、テイマーギルドへの登録が必要になる。その場合、鉱石ハリネズミをテイミングしなければならない。

しかしテイミングをしてしまったら、自由気ままに番探しの旅へ出ることも難しくなる。

その説明を……と思ったら、ウメが『話しておいたわ』と太一に報告してくれた。

「そうなのか？」

『ええ。あちしたちも、テイマーギルドに登録したでしょう？　どんな感じだったとか、教えてあげたの』

『自分はそれもわかったうえでお願いしているんです！　美味しいご飯に、安心できる寝床……一晩で、そのすごさを実感したんですよね』

少しばかり、腰を落ち着かせてみたいのだと言う。

「そういうことなら、喜んで」

『はい！　よろしくお願いします』

「じゃあ――【テイミング】！」

太一がスキルを使うと、鉱石ハリネズミがパチパチした光に包まれる。無事に、テイミングが成功した。

次にするのは、名づけだ。

鉱石ハリネズミは、キラキラ光る針を背中にしょっている。とても綺麗で、ずっと眺めていたくなってしまうような赤だ。

それを見た瞬間、もし名前をつけるのならそれがいいと思った。


「赤色の宝石からとって、名前は――【ルビー】」


太一が名前をつけると、鉱石ハリネズミ――ルビーに、光が降り注いだ。

ルビーは嬉しそうに笑顔を見せて、何度もつけてもらった名前を繰り返す。

『ルビー、自分がこんな素敵な名前をつけてもらえるなんて。ありがとうございます、タイチさん』

「こちらこそ。……それと、もう家族みたいなものだから、さんづけはいらないよ。な、ルビー」

『……タイチ！』

「そうそう。よろしく、ルビー」

『よろしく！』


ルビーはテイマーギルドで登録を済ませ、無事にもふもふカフェの一員となった。とても嬉しそうに、ベリーラビットたちに囲まれている。

サイズが同じくらいなので、親しみやすい何かがあるのかもしれない。

太一がのほほんとしていると、カランとドアベルが音を立ててお客さんがやってきた。

「ども一！」

「久しぶりのもふもふカフェ〜！」

「もう、二人とももう少し落ち着いてちょうだい」

やってきたのは、もふもふカフェの常連の冒険者パーティ三人組。

太一がアーゼルン王国から帰ってきてから、顔を出してくれたのは今日が初めてだ。

「いらっしゃい」

「お、タイチさん帰ってきたんですか。――って、小さいのが増えてる!!」

店内を見回した冒険者パーティの一人、グリーズは驚いて、思わず一歩下がる。後ろにいた他の二人ニーナとアルルは、急に止まったグリーズのせいでその背中に顔をぶつけてしまう。

「もう、何してるのグリーズ！　ふああぁぁっ、もふもふパラダイス!?」

「フォレストキャットがこんなにたくさん……」


いかつい顔だがもふもふ大好き、グリーズ。

がっしりした体形に、重厚な装備。パーティの前衛を務めるソードマンだ。

普段はその顔と体型のせいで小動物たちに近寄ってもらえないけれど、もふもふカフェの魔物たちは怖がるそぶりを見せないので幸せを噛《か》みしめている。


パーティのムードメーカー、ニーナ。

茶色のボブヘアーに、オレンジの瞳。赤いバンダナがチャームポイントで、動きやすいパンツスタイルに身を包んでいる。

ポジションはハンターで、素早さには自信があるようだ。


常に冷静を装いつつも、ベリーラビットが大好きなアルル。

長い金髪をツインテールにした、お嬢様キャラ。勝気な瞳と態度でわからないけれど、休日は一人でもふもふカフェに来てくれることも多い。


いつも通り注文を取りながら、太一は「久しぶりですね」とあいさつをする。

「俺がいない間も来てくれたって、ヒメリから聞きましたよ。ありがとうございます」

「ここは俺たちパーティの癒《いや》しの場だからな！」

「そう言ってもらえると嬉しいですね」

そんな雑談をしつつも……グリーズはもふもふたちが気になって仕方がないようだ。しかも今日は、まだ触れ合ったことのないフォレストキャットたちもいる。

これ以上話をしようというのは、酷だろう。

グリーズたちがさっそく店内に足を踏み入れると、目を見開いた。

「って、なんだあれは！」

「きゃー！　可愛いっ!!」

「あれは……とても珍しい、鉱石ハリネズミ!?」

「そんなに驚くことは……って、ルビー!?」

グリーズたちの視線を追って、太一も驚いて声をあげた。

ウメが背中にルビーを乗せ、キャットタワーを登っているところだったからだ。

（なんだあれは、よくわからないくらい可愛いぞ……ライダーかな？）

全員がその姿にメロメロになっていると、奥から「いらっしゃいませ～」とヒメリが出てきた。

ヒメリのアルバイトは太一が戻ってくるまでという短期間の約束だった。

しかしフォレストキャットが一〇匹も増えたということもあり、手が空いているときに来てもらうという条件で継続することにしたのだ。

「えー、ウメがルビーを乗せて走ってる！　可愛い～！」

この光景には、ヒメリもメロメロだ。

そしてハッと我に返ったかと思うと、ねこじゃらしを手に取ってグリーズたちを見る。

「最高の遊びをお教えしますね……！」

こうしてまた一人……と、猫の魅力に抗《あらが》えない人が増えていくのだった。

閑話　もう驚かないって決めたのに

レリームの街のテイマーギルドは、ぶっちゃけて言って人員が少ない。

さすがに人数が少なすぎるとシャルティが上に申し出たこともあるのだが……その分、仕事量も少ないからと言われてしまった。

確かにその通りなので、仕方なく少数精鋭で業務をこなしている。


テイマーギルドの受付業務は、ほとんどシャルティが一人で行っている。

とはいっても、あまり人が来ないので、受付にいながらほかの仕事をしていることも多い。今日も、受付に座りながらテイマーギルドが所有している物件の書類整理。

それが終わったら、登録してくれているテイマーの活動状況などをチェックする予定だ。

「活動状況を報告……って言われたけど、活動する人はみーんなほかの街へ行っちゃったからなあ」

この街で一番活動しているテイマーは、おそらく太一《たいち》だろう。

「でも、タイチさんはカフェを経営してるだけなんだよね……」

テイマーギルドに登録している従魔の数は圧倒的に多いけれど、依頼などを受けてくれる気配はまったくない。

「ま、無理強いはできないんですけどね」

せっかくウルフキングをテイミングしているので、とてももったいないとは思うけれど……。太一に受けてもらえたら嬉《うれ》しいな……という依頼もたくさんあったりする。

仕事がひと段落つき、シャルティが受付に座ってのんびりしていると、扉が開いて太一がやってきた。

「こんにちは、シャルティさん」

「あ、タイチさん！　いらっしゃいませ」

シャルティは笑顔で太一を迎え入れると同時に、その周囲に視線を巡らせる。太一はついこの間、大量のフォレストキャットを連れてきたばかり……警戒するなというほうが無理だ。

しかし、魔物の姿は特にない。

「なんだ、今日は従魔の登録じゃないんですね」

「いえ、登録ですよ。新しくテイムした仲間で、ルビーです」

「え？」

よく見ると、太一が一匹の魔物を腕に抱いていた。

どうやら、従魔は一匹だけのようだ。

（珍しい……）

いや、別に一匹だけ連れてきたことがなかったわけではない。

最初に登録したルークや、うっかり登録を忘れていたと慌てて連れてきた『三つ首ウルフ』など、大量ではない場合もあった。ただ、その場合は魔物がすごすぎて驚かされてばかりだけれど。

ちなみに三つ首ウルフとはケルベロスのことで、ウルフの変異種ですと押し通してテイマーギルドに登録されている。

一匹しかいないと、太一にしては控えめで珍しいという感想をついつい思ってしまったシャルティだが、普通のテイマーは一匹ずつテイミングして報告に来てくれるものだ。

(今までの魔物は規格外だったけど、やっとタイチさんにも普通のテイマーらしさが？)

なんてシャルティが思ったのも一瞬だけだった。

なぜなら、太一がカウンターに乗せた従魔が——とてつもなく希少とされている魔物の、鉱石ハリネズミだったからだ。

「えええぇぇぇぇっ!? こ、この子って、鉱石ハリネズミですよね!?」

「え、そうだけど……」

「はう……っ」

あっさり肯定の返事をされ、シャルティはくらっとする。

太一はなんとも思っていないようだが、鉱石ハリネズミのインパクトは数日前に連れてきたフォレストキャット一〇匹より段違いで高い。

(太一さんてば、全然鉱石ハリネズミのことがわかってない……っ！)

シャルティは思わず頭を抱えたくなる。

——が、そういう太一だからこそ、鉱石ハリネズミの主人にも相応《ふさわ》しいのだとシャルティは思う。

（鉱石ハリネズミをはじめ、希少価値の高い魔物ばかりをテイムするテイマーは困ったことに一定数存在するんだよね……）


そういったテイマーは大抵、自分の従魔を『商品』のように見ている。

たとえば鉱石ハリネズミであれば、背中の針を採取する。鉱石でできた背中の針は、素材としてかなり高値がつくからだ。

さらに、貴族がペットとして買いたいということも多い。

こういったテイマーたちについては、ギルドでも悪質だと判断して注意している。

（太一さんは、そういう心配がないから安心ですね）

きっともふもふカフェの一員となって、大事に育ててもらえるのだろう。

テイマーギルドにもっと発言力があればよかったのだが、強いテイマーがあまりいないためそれもなかなか難しい。

（そう考えると、タイチさんて希望の星でもあるんだよね……）

テイマーギルドのために、もっと大々的に活躍してもらえないだろうかといつも思う。


「……っと、鉱石ハリネズミの登録ですね。すぐにしちゃいます」

「はい、お願いします」

シャルティが手続きをする間、太一はルビーのことを撫《な》でる。

「もふもふも好きだけど、この鉱石のさわり心地もいいよなぁ」

『自分の自慢ですからね！　この光沢を出すために、寝転んで葉っぱに擦《こす》りつけて磨いたり、すごい努力をしてるんですよ』

「え、そんなことまでしてるのか！」

ルビーの言葉に驚きつつも、宝石類は手入れが大事だとテレビか何かで見たような記憶があるので、確かにそうなんだろうと思い直す。

（となると、お手入れ道具一式を用意したほうがいいんじゃないか？）

おそらく葉っぱで磨くよりは、艶《つや》が出て美しさも増すはずだ。

あとでルビーに相談してみることにする。

「……っと、登録完了です。これでもふもふカフェに出ることができますね。タイチさんも戻ってきたことですし、私も近いうちに顔を出しますね」

「本当ですか？　ありがとうございます。ぜひぜひフォレストキャットも堪能していってくださいね！」

シャルティにはテイマーギルドに登録した際に見てもらってはいるけれど、やはり実際に猫と遊んでもらえたらその愛らしさで虜《とりこ》になること間違いなしだ。

遊んでもらうねこじゃらしやボールも用意したほうがいいなと、太一はシャルティがメロメロになってしまうところを想像する。

「あ、そうだ……鉱石ハリネズミを手に入れたいと思っている人は多いので、注意してくださいね。

従魔だから大丈夫だとは思いますが、背中の針を素材としてほしがる人は大勢いますから」

シャルティから他にも様々な忠告を聞いて、太一は素直に頷《うなず》く。

「これだけ綺麗《きれい》な針だと、手元に置いておきたくなる気持ちもわかりますね」

「ええ、本当に。でも、もふもふカフェはルークもいるから、安全ですね」

もしかしたら余計な心配だったかもしれないと、シャルティが笑う。

「いえいえ、アドバイスとても助かります。それじゃあまた」

「はい！　ありがとうございました」


シャルティは帰る太一を見送って、次はどんな規格外の魔物を連れてくるのだろう……と、想像する。

強い魔物か、もふもふの魔物か、希少価値の高い魔物か……。シャルティには、まったく見当がつかない。

「というか、そもそもタイチさんはあんな珍しい魔物たちとどこで出会ってるの？」

ウルフキングからして、生存は確認されているが、厳密な生息地まではわかっていない。山深い場所でじっとしているとも、常に動いて移動しているとも噂《うわさ》を聞く。

「聞いたら、教えてくれるかな？」

しかし太一は、なかなか自分の話題を踏み込んで話そうとしない。

そのくせ、もふもふの話題になるとこれでもかと饒舌《じょうぜつ》に喋《しゃべ》り、止まらなくなってしまう。太一らしくて、そんなところもシャルティは気に入っているけれど。

「……とりあえず、次の休みにもふもふカフェへ行くために仕事を頑張っておきますか！」

シャルティは再び仕事を始め、いつか太一にいろいろ話を聞きたいなと思うのだった。

6　NOと言える日本人

鉱石ハリネズミを背中に乗せるフォレストキャット！　というのが予想以上に可愛《かわい》くて、気づけば口コミが街へ広がりもふもふカフェはお客さんが増えていた。

「お〜、すごいな。満席とまではいかないけど、ここまでお客さんが入ってくれたのは初めてだ」

郊外に店舗があるということもあり、足を運んでくれる人はなかなかいない。

ありがたや〜と思いつつ、ねこじゃらしを使って楽しそうにフォレストキャットと遊ぶお客さんに対して、心の中で楽しいよねわかるよと頷《うなず》きながら見守る。

「店員さん、おやつくださーい！」

「あっ、ずるい私も！　うさぎクッキーください!!」

「ありがとうございます」

おやつの売れ行きも好調だ。

(夜ご飯の量は少し調整したほうがいいかな？)

太一《たいち》がそんなことを考えていると、勢いよく扉が開いた。

なんとも乱暴な動作に眉をしかめつつも、「いらっしゃいませ」とドアを見る。

入ってきたのは、お腹まわりがたぷんとした中年の男性だった。上等な生地の服を着ているので、庶民……ではないのかもしれない。

太一は嫌な汗をかきつつも、対応するため笑顔で入り口へ向かう。

「初めてのお客様ですね」

「ふん、ここが鉱石ハリネズミがいるというカフェか」

「――――!」

男性の言葉に、太一の笑みが固まる。

(なるほどなるほど、なるほーど。アルルさんの言った通りか)

先日アルルが来た際に、忠告をしてもらった。

鉱石ハリネズミはとても珍しく、背中の針は貴重な素材になるので手に入れたい人は多いから気をつけろ――と。

テイマーギルドで、シャルティも同じことを言っていた。

貴族は、金を積んで駄目なら手段を問わない人物もいる……とも。特に下級貴族はなりふり構わないものも多く、相手にすると面倒だという話だ。

さっそく、アルルの言う通りになってしまった。

(服装と物言いからして、きっと貴族なんだろうな)

そしてアルルの助言通りならば、下級貴族だが――とはいえ貴族であることに変わりはない。この世界で平民である太一が逆らうと、ややこしいことになりそうだ。

どう対応すればいいのだろうと悩みつつ、とりあえず普通に接客することにしてみたのだが――

相手は、とても自分勝手だった。

「鉱石ハリネズミを私に売れ」

男に、もふもふカフェを楽しもうとする気配は微塵《みじん》もない。

(なるほど、これがこの世界の貴族か)

今まで関わりにならないように気をつけていたが、それは正解だったようだ。太一はため息をつきたいのを堪《こら》えて、首を横に振る。

大事な家族を『素材』としか見ていない奴に渡すなんて、とんでもない。その視界にだって、入れたくないくらいだ。

さらにこの貴族が来たせいで、一気に店内がざわついた。

初めてきたお客さんは青い顔をして、顔を伏せてしまう。こちらを見ているのなんて、ヒメリくらいだろうか。

というか、ヒメリは今にも魔法でもぶっ放しそうな顔でこちらを睨《にら》んでいる。

(さすがにそれはまずい)

大事なカフェが壊れてしまう。

太一は笑顔を作り、貴族を見て——はっきりと告げる。

「この子は俺の大事な仲間ですから、売るなんてことはできません」

「な……っ！」

貴族はまさか断られるとは思っていなかったのだろう。大きく目を開いて驚いている。

そしてわなわなと拳を震わせて、「ふざけるな！」と声を荒らげた。自分の思い通りにならないことなんて、今までなかったのだろう。

「お前、私を誰だと思っているんだ！　逆らうなんて、首と胴体が繋《つな》がってなくてもいいと言うのか!?」

（なんて物騒なことを口にするんだ……）

しかし、太一が売却に『イエス』と言うことは絶対にない。

正直なところ、貴族関係は相手にしたくない。

この世界の法律などがどうなっているかまで、太一は詳しいところを把握していないからだ。敵に回すには、こちらの分が悪すぎる。

――とはいえ。

大事な仲間や、ヒメリ、お客さんなど、少しでも危害を加えてくるようなことがあれば、太一だって容赦するつもりはない。

まあ、その際に活躍するのはルークなのだけれど。

（最悪この国にいづらくなったら、別の国に行ったっていい）

かなりの大移動になってしまうけれど、ルークやケルベロスだっている。きっと、なんとかなるだろう。

みんなでこっそり夜中に街を出ればいい。

「お前、私の言うことが聞けないのか？　……いいだろう、今なら言い値で買い取ってやるぞ！」

「ですから、それはできません。この子は俺の大切な仲間――家族ですから。お金を積んで買えるものではないんです」

そんなこともわからないんですか？

とでも言うような、憐《あわ》れみの視線を太一は男性に向ける。

「お前、ふざけたことを言うのもいい加減に――」


「おかえりはこちらですよ、お客様」


「――っ！」

貴族がもう一度吠《ほ》えようとしたところで、ヒメリがドアに手を置いた。

「さあ、どうぞ？」

「小娘……私にそのような態度をとるとは、どういうつもりだ!!」

今度は貴族がヒメリにその矛先を向け、さすがにそれはまずいと太一が焦る。一〇代の女の子が貴族に目をつけられたらたまったものではない。

「ヒメリ、俺は大丈夫だから」

「タイチ……！　でも、ルビーのことを売れだなんて。許せるわけないよ！」

頬《ほお》を膨らませて怒るヒメリは、ギッと貴族を睨みつける。

太一としては、内心でこれ以上何もしないで～～と叫びっぱなしだが……ヒメリのその気持ちはとても嬉《うれ》しい。

（でも、どうやって追い返そうかな）

自分が絶対だと思っているので、口でどうこう言ってもなかなか帰ってくれなさそうだ。

いっそ兵士を呼びに行く？　けれど、兵士が平民であれば貴族であるこの男を抑えることは難しいかもしれない。

（貴族やら平民やら、面倒な世界だ……）

はてさてどうするべきかと次の手を考えていると、ビーズクッションで昼寝をしていたルークが目を覚ました。

上半身を起こして、『くあぁぁ』と大きなあくびを一つ。

そして、こちらをひと睨み。

「ひぃっ！　な、なんだあのでかい犬は!!」

（あ、それはルークのNGワード……）

『気高きフェンリルであるオレが、犬？　なんだ、その薄汚い人間は!!』

「うわあぁぁっ！」

ルークが怒ると、貴族は声をあげて尻もちをついた。

さすがは伝説の魔物フェンリル、偉そうな貴族なんてひと吠えするだけでびびらせてくれる。

ゆっくりとルークが立ち上がり、こちらに向かって歩いてくる。

それを見た貴族は、間抜けな声を出してそのまま後ずさってドアの外へ転げ出る。先ほどヒメリがドアを開けてくれたからだ。

「さすがはルーク！　ご来店、ありがとうございました。もう二度と来ないでくださいね！」

そう言って、ヒメリはバタンとドアを閉じた。


とりあえず貴族を追い返すことができて、太一はほっと息をつく。

しかし店内にいるお客さんをかなり怖がらせてしまった。

「騒がしくなってしまい、すみませんでした。お詫《わ》びといってはなんですが、うさぎクッキーをプレゼントさせていただきますね」

お客さんだけではなく、ベリーラビットたちもきっとストレスだっただろう。お客さんにおやつをもらって、楽しい時間を過ごせたらいいと太一は考えた。

すぐにヒメリがうさぎクッキーをお客さんに配ってくれて、店内も落ち着いた。


もふもふカフェの営業時間が終わると、太一はヒメリに声をかけた。

「ヒメリ、少し教えてほしいことがあって……今日、このあと時間あるかな？」

「私にわかることなら。あ、もしかして昼間の貴族の件……かな？」

さすがはヒメリ、話が早い。

「実は身分とかにあんまり詳しくなくて。ヒメリが知ってる範囲で構わないから、教えてもらえると助かる」

「わかった」

すぐに快諾してもらい、ほっとする。

（この世界の身分制度って、なかなかハードな気がするんだよな）

昼間、貴族がやってきたときのお客さんの反応を見ればだいたいわかるが……おそらく、かなり貴族が優位に立っている社会なのだろう。

間違いなく、不公平。

そんな相手に喧嘩《けんか》を売ってしまったわけだが……だからといって、自分の仲間を売るようなことだけは絶対にしたくないので、後悔はしていない。

簡単な夕食をとり、ヒメリに説明をお願いした。

今回の話に興味があるのは、当事者になってしまったルビーと、群れを守るボスのポジションにいるウメの二匹だ。

ルークとケルベロスはあまり関心がないらしく、店内でうたた寝をしている。

「……とはいっても、私はそんなに説明が上手じゃないからね？」

「大丈夫大丈夫、簡単にでもわかればいいからさ。ちなみに俺はど田舎から出てきたから、本当にこの手の話は無知なんだ」

「そう？　なら……順番に説明するね」

ヒメリがゆっくり、丁寧に説明をしてくれた。


まず、この国の身分と実際の人間について。

トップに立つのは、王族。

そして次に貴族。その爵位は、上から公爵、侯爵、伯爵、子爵、男爵だ。

その下に準男爵という位もあるが、これは一定の功績を収めた平民に与えられる称号のようなものらしい。

そして最後に、平民がくる。太一の立ち位置は、まさにここだ。


「呼び名は変わることもあるけど、どこの国も基本的にこの形になるかな」

「それは王国のほかにも、帝国があるとかそういう感じ？」

「そうそう、そんな感じ」

基本的なところは想像通りだったので、そんなに難しくはない。

「ただ、国によってかなり差はあるんだけど……一定数のスラムがあるのよ。これぱっかりは、どうしようもなくて……各国が手を焼いてるみたい」

「ああ……」

確かにそれは、どうしても出てきてしまう問題だ。

「でも、この話は関係ないからひとまず置いておくね」

ヒメリは紅茶を飲んで、貴族についての話を続ける。


シュルクク王国は、王の発言力が強い。

それは、代々の王が真っ当な治世を行ってきたからだとヒメリが説明してくれる。確かに、この街は過ごしやすいと太一も思う。

しかし一方で、平民に比べて貴族の権力がとても強い。

貴族と平民で揉《も》め事が起きた場合、基本的に平民の言い分を聞いてもらえることは少ないのだという。

兵士の統括など、そういった要《かなめ》の部分をまとめ上げているのが貴族だからだ。


「これには国王も困っていて、どうにかしたいと思ってはいるみたいなんだけどね……」

しかしなかなか上手《うま》くいっていないらしいと、ヒメリが肩をすくめた。

「なるほどなぁ……」

(平民の立場は、とてつもなく弱いんだな……)

とはいえ、国王がそれに憂いを覚えているなら改善の兆しが見えるかもしれない。もちろん、今すぐに……ということはないだろうが。

「大体はわかったよ、ありがとうヒメリ」

「どういたしまして！　昼間、私も許せなくて貴族に対してあんな態度を取っちゃったけど……後悔はしてないよ。もふもふカフェのみんなは、私にとっても家族だから」

「ヒメリ……」

仲間を守るためなら貴族なんて怖くないというヒメリに、タイチは嬉しく思いつつも、何かあったらと不安にもなる。

「もしヒメリのところに貴族が仕返しに行ったらって考えたらさ……」

「そんなことがあれば、返り討ちにしちゃうよ！」

「はは、それは頼もしいな」

腕にぐっと力を込めて笑うヒメリは、そういえば魔法使いの冒険者だったことを思い出す。いつももふもふカフェで楽しそうにしているので、つい忘れがちだ。

（でも、ヒメリの実力って知らないんだよな……）

太一はそんなことを考えるが、よくよく思い出すと戦っている姿はルークくらいしか見ていない。常連のグリーズたちも冒険者だが、その実力がどの程度なのかもわからない。

（まあ、俺は戦闘と無縁だからなぁ……）

ともあれ、太一が言えることは一つ。

「もし何かあれば、ルークと一緒に助けに行くからな。そのときは、遠慮なく相談してもらえると嬉しい」

「ん、わかった！　そのときはお願いするね」

「ああ」

ヒメリが笑顔で頷いてくれたので、太一の心配事が一つ減る。

「……っと、お茶が冷めたから新しく淹《い》れるか。それと、ケーキも」

「わ、やったぁ！」

貴族のことを教えてもらったお礼もかねて、太一は美味《おい》しい日本のケーキをヒメリにふるまった。


——真夜中。

ルークはやれやれと息をついて、ビーズクッションから起き上がった。

今は太一の部屋で寝ているところだったのだが、残念ながら歓迎できない来客のようだ。

『おい、起きろ』

『む……』

『変な気配？』

『まだ眠いよ～』

ルークが声をかけると、布団の上で丸まっていたケルベロスもくあぁとあくびをして起き上がった。

そして次第に目が覚めて、はっきりとした気配を掴《つか》み取る。

『……人間が、五人？』

『くんくん……わかった、昼間の奴の仲間だ！』

『ルビーを捕まえに来たの？　そんなの許せないよ！』

状況を把握したケルベロスが、早くやっつけようと立ち上がる。

しかし、ルークがそれを静止する。

『オレがいくから、ケルベロスはここにいろ』

『えー!?』

『ボクたちだって戦えるよ!?』

『嚙《か》み殺さないように気をつけられるよ!?』

一緒に行くと、ケルベロスたちが主張する。

『駄目だ。もし相手が二手に分かれたら、誰がタイチを守るんだ』

『『ボク!!』』

ルークの問いかけに、ケルベロスの声が重なる。

そうだ、確かにぐーすか寝ている太一を一人にしておくわけにはいかない。

ここに残れということは、思いのほか重大任務だったということにケルベロスは気づく。同時に、太一には絶対指一本触れさせないと誓う。

『よーし、まかせて！』

『タイチは必ず守るよ！』

『ルーク、下にいるみんなのことも守ってね！』

『ああ、もちろんだ』

ルークが一階に下りると、すぐにルビーがやってきた。

『……！　ルークが下りてきたってことは、やっぱり何かあったのか!?』

『気づいてないのか？』

『なんだか嫌な予感はするんだけど、そこまでわからない……。ベリーラビットたちとフォレストキャットたちは寝てるけど――』

『あちしは起きてるよ』

ウメは群れのボスということもあって、気配に敏感だ。

しかしルビー同様、外の嫌な気配は感じるけれど、相手の人数や強さなどはわからない。

『昼間の奴かい？』

『同じ人間はいないが、間違いなくその仲間だろうな』

『ということは、狙いは自分!?』

不穏な気配を感じこそすれ、まさか自分を狙ったものだとは思っていなかったようだ。ルビーは『ひえぇ』と声をあげて、店内を駆け回る。

どうしようどうしようと、混乱しているようだ。

『自分がここにいたら、め、迷惑をかけてしまう……』

せっかく見つけた心安らぐ場所だと思ったのに、まさか自分のせいで危険にさらしてしまうなんて……と、ルビーは泣きたい気持ちになる。

しかし、ここのボスがそんなことを許すわけがない。

『問題ない。お前たちに危害を加えようとする奴は、全員オレが倒してやる』

『ルーク……』

自分は出ていったほうがいい、そう考えてしまったルビーにとって、ルークの言葉はとても頼もしい。

伝説のフェンリルの言葉の重みは、とてつもなく心地よかった。

『ありがとう、ルーク。自分は強くないけど……せめて寝てる子たちに危険が及ばないように、警戒はしておくよ！』

『ああ、頼んだ。タイチのところには、ケルベロスがいるから二階は問題ない』

『あちしも、あの子たちに危険がないように見ておくよ』

『任せた』

ベリーラビットは隅のほうにまとまって寝ているので、比較的守りやすい。しかしフォレストキャットたちは、各々が好きなところで寝ている。

さすがにバラバラにいるのは危険なので、一匹ずつ声をかけてベリーラビットたちのほうへ集まってもらう。

『アンタたち、寝てるベリーラビットを起こさないように、静かにね』

『にゃ』

『にゃん』

みんないい子で移動をしていると、ガタリとドアが揺れた。


――来る！


ルビーとウメの体に緊張が走り、店内にピリッとした空気が漂う。

しかしドキドキしているルビーのことを気にしていないかのように、ルークがすたすたとドアまで歩いていってしまった。

『ちょ、ルーク!?』

『正面切って戦うつもり!?　……って、強いんだから問題はないのよね』

『当たり前だ』

ドアが開くのと同時に、ルークは入ってきた人間に飛びかかった。

「うわっ!?」

まさか従魔たちに待ち伏せをされているとは、考えてもみなかったのだろう。入ってきた男は、あっさりとルークにのしかかられてしまった。

そしてちらりと見えるルークの牙に、ひっと息を呑《の》んで硬直する。

「なんだ、どうした……っ、ウルフキングか!!」

『オレがフェンリルだとわからないなんて、人間とは愚かだな』

ルークは鼻息を荒くして、次々と不届き者を倒していく。

『まったく、こんな弱い人間を送りこんでくるとは……オレたちも舐《な》められたものだ』

「うわあああっ！　助けて、助けてくれっ!!」

『オレから逃げられると思うな！』

最初に察知していた通り、人数は五人のようだ。どんどん男たちに飛びかかるルークを見て、カフェ店内でルビーとウメが盛り上がっている。

『うわ、ルークってめっちゃ強い……』

『ああ、アンタはルークの戦いっぷりを見たことがなかったのね。すごく強いんだから、人間なんかに負けたりしないわ』

ウメはもふもふカフェへの道中で、遭遇した魔物を倒しまくるルークを見ているので、これくらいでは驚かない。

というか、相手にした魔物のほうがむしろ……やってきた人間たちより何倍も強かったと言っていいかもしれない。

とりあえず問題なく終わるだろうと思っていた矢先、残った人間の二人のうち一人が床を蹴って猛ダッシュした。

『『『――!?』』』

いったい何事だと思い視線を巡らせると、まだ声をかけることができていなかったフォレストキャットがいた。

どうやら、猫質《じち》をとろうとしているようだ。

しかしルークの相手はそこそこ強い人間だったので、一瞬出遅れてしまう。おそらく、ウルフキングがいるためある程度強い人間を揃《そろ》えたのだろう。

タイミングが悪い。

『チッ！』

店を壊すといけないのでかなり力を加減していたが、それが裏目に出てしまったようだ。

ルークがすぐにフォレストキャットのもとへ行こうとして、しかしそれよりも早くルビーが飛び出した。

ルビーは二本足で立ち、ばっと手を広げて小さな体を大きく見せる。

『仲間を傷つけるようなことはさせない!!』

来《き》るべき衝撃に備え、ルビーはぎゅっと目を閉じる。――が、何も起こらない。

『…………？』

おそるおそる目を開けると、ルビーの目の前にウメが倒れていた。脇腹部分から血が滲《にじ》んでいるので、フォレストキャットを庇《かば》った自分をさらに庇ったのだろう。

『ウメ!!』

ルビーは腹の底からウメの名前を呼び、『しっかりしろ!!』と必死で声をかける。

『うぅっ、ウメっ!』

攻撃をしてきた人間にはすぐルークが跳びかかり、鋭い爪で攻撃する。

その一撃で気絶した男を店の隅へ蹴飛ばし、ルークはすぐに大声で太一とケルベロスを呼ぶ。

『タイチ、ケルベロス、すぐに来い!!』

『りょうかい!』

『どうした!?』

『しっかりしてー!!』

「……っ!?」

ダダダダダっと、太一をくわえて引きずってきたケルベロスが一階へとやってきた。寝ていた太一はいきなり引きずられてパニック状態だ。

「なんだ、なにごとだ!?　――ウメ!?」

しかしすぐに店内の惨状に気づき目を見開く。

血を流して倒れるウメのもとへ行き、すぐにスキルを使う。

「しっかりしろ、【ヒーリング】!」

太一が回復スキルを使うと、ウメの傷はすぐにふさがった。浅く繰り返していた呼吸は落ち着き、ぱちりと目を開けた。

問題なく回復したようだ。

猫の神様が授けてくれたテイマーのスキル、【ヒーリング】。

テイミングされた魔物を回復することができる。


「はー、よかった。……って、いったい何があったんだ？」

店内を見ると、物が散らかっているし——見知らぬ男が五人、倒れている。

もしや泥棒？　と考えたが、すぐに昼間の貴族のことを思い出す。

『あいつら、昼間の奴と同じ匂いがしたよ！』

「なるほど……」

（あの貴族が雇ったごろつき……ってことか！）

「ルークたちが倒してくれたのか、ありがとう。ほかに怪我《けが》をしてるのはいるか？」

太一が店内を見回すと、みんなが近寄ってきた。さすがにこの騒ぎの中で寝ているつわものはいなかったようだ。

ひとまず大丈夫そうだということを確認し、一息つく。

（この男たちは……兵士に引き取ってもらうか）

ケルベロスたちに留守番を頼み、太一は門にいる兵士を呼んできた。

結果としては、ひとまず引き取り牢《ろう》へ入れておくということだ。処罰などは、追って連絡をするが……指示を出した貴族を捕らえるのは証拠不十分のため難しいと言われてしまった。

これだから貴族は……と思いつつ、これからは何かおかしなことがあればすぐ起こすようにルークへお願いをした。

ちなみに、その貴族が後日ルークとケルベロスから制裁を受けたのは……公《おおやけ》には内緒にしておいた。

閑話　ヒメリの暗躍

ヒメリはイライラしていた。

その原因は、もふもふカフェにやってきた下級貴族。

太一《たいち》がテイミングした鉱石ハリネズミのルビーを売れと言い、断ったらゴロツキをやとって真夜中のもふもふカフェへ侵入してきたのだ。


しかし、ならばどうすればいい？　という問題がある。

「でも、貴族はそう簡単に裁けない……」

――そう、圧倒的に平民である太一が不利なのだ。

普通は泣き寝入りすることがほとんどで、真っ向から貴族に歯向かう人間はそういない。もしいたとしたら、ただの馬鹿か無謀かのどちらかだろう。

「……とりあえず、あの貴族のことを調べてみよう」

そうすれば、もしかしたらいい感じにスッキリすることが起きるかもしれない。そう考えて、ヒメリはにやりと微笑《ほほえ》んだ。

最近のヒメリは、三日に一回ほどの割合でもふもふカフェでアルバイトをしている。

一日フルのときもあれば、半日の日もある。

今日は半日だけの日で、午後からもふもふカフェへとやってきた。

「あ、おはようヒメリ」

「おはようタイチ」

ヒメリが午後から入る日は、太一が入れ違いで休憩に入ることが多い。

「それじゃあ、ヒメリが来たから休憩にしようかな」

「うんうん、ゆっくりお昼でも食べてきて」

「ありがとう」

ヒメリは太一が奥へ行くのを見送って、店内を見回す。

今は、お客さんは一組もいない。

ちょこちょこ走り回っているベリーラビットたちに、キャットタワーでお昼寝しているフォレストキャット。

しかしヒメリの目的のもふもふ二匹は――いた。

窓際に置かれたビーズクッションでうとうとしているルークと、その横でボールにじゃれついているケルベロス。

今日のヒメリは、この二匹に伝えたい情報があるのだ。

「さて……と、窓拭きでもしよっかな」

ヒメリはそう言って、窓を拭きながらルークとケルベロスのほうへ近づいていく。

(この二匹は、人間の言葉がわかるのよね)

いつも太一と会話しているのを、ヒメリは羨《うらや》ましく思っていた。自分もテイマーだったなら、もふもふたちと楽しく会話ができるのに……と。

とはいえ、太一に通訳してもらえば会話をすることもできる。

「ルーク、ピノ、クロロ、ノール、窓を拭かせてもらうね」

『…………』

『『『わんっ』』』

ルークからは無言の肯定、ケルベロスからは元気な返事をいただいた。ちゃんとヒメリの言葉をわかってくれているようだ。

窓を拭きながら、ヒメリは二匹に聞こえるような声で独り言を呟《つぶや》く。

「……そういえば、この前ここに襲撃に来たゴロツキを雇った貴族、やっと誰だか調べがついたのよね」

すると、ルークの耳がピクリと動き、ボールで遊んでいたケルベロスの動きが止まった。

(やっぱり、二匹とも興味津々だ!)

「だけど相手はこっちより優位に立つ貴族……。タイチが変に何かをしようものなら、面倒ごとになっちゃう。こっそりばれないように、報復ができたらいいんだけど……」

なかなか難しいんだよねと、ヒメリは言葉を続ける。


ヒメリの言葉を聞いていた二匹は、互いに顔を見合わせた。

『あの貴族には、仕返しをしないといけないと思っていたところだ』

『ルビーをよこせとか、最低なこと言った！』

『ボクたちでどうにかやっつけられないかな？』

『ウメにひどい怪我《けが》をさせたよ！』

口を開けば、あの貴族は許せないという言葉が出てくる。

しかし、ルークたちはあの貴族がどこに住んでいるか知らないし、下手に動いて太一に迷惑をかけたくはなかった。

――が。

自分たちの大好きな主人にあれだけのことをされて、許せるはずもなかった。

できることならば、あの場で噛《か》みちぎってやりたかったとはルーク談だ。ケルベロスは、『押し潰《つぶ》せばよかったのに』とこれまた過激なことを言っている。

『あの女……ヒメリが喋《しゃべ》るのを聞いていれば、何か情報が掴《つか》めるんじゃないか？』

『確かに！』

『その可能性はある！』

『仲間にひどいことをした人は許せない！』

ということで、二匹は再びヒメリの会話に聞き耳を立てた。


ヒメリはルークとケルベロスが、何やら小声で喋っていたのを聞いていた。

互いに『わん』としか聞こえないので、どんなことを話し合っていたのかはまったくわからないけれど……タイミング的に、自分が呟いた貴族のことだろう。

まず、絶対に『やってはいけないこと』を伝える。

「あの貴族はめちゃくちゃに懲らしめてやりたいけど、うっかり殺しちゃったらタイチが犯人にされる可能性が高い……」

『『――!?』』

その言葉に、二匹の耳が大きく動く。

「明日……夜に貴族が隣街に行くっていう情報はゲットしたんだよね。豪華な馬車に乗って、目をかけてくれている人の……なんか重大な集まりに行くとか」

それに行けないというだけで、きっとあの貴族はかなりの罰になるし、移動中に襲われたらトラウマになってもう外へ出かけられなくなるかもしれない。

「そうなったら、二度とここにも来ないかも……？」

かなりいい仕返しになるが、それを実行したら太一に迷惑がかかってしまう。

「正体をばらさずに何かできたらいいんだけどな」

そう言ったヒメリは、いつの間にか用意した紙袋をぽとりと落とす。これは目のところに穴が開いたもので、簡易的だが変装することもできる。

「はああ、あの貴族に天罰が落ちないかな」

そうしめくくって、ヒメリは窓拭きを終えた。


ヒメリが離れたのを見て、ルークとケルベロスは再び顔を見合わせた。

『何か落としていったな』

ルークがそう言うと、ケルベロスがヒメリの落とした紙袋を拾いにいった。すぐに変装するために用意してくれたのだということに気づき、ケルベロスがかぶる。

『おぉ』

『これはなかなかいいかも?』

『正体がばれなければ、太一が危険な目にあうこともないね』

いい感じだと言いながら、ケルベロスはルークにも紙袋を渡す。ルークもすぐにかぶり、『まあまあだな』と感想を述べる。

そして、本題。

『明日の夜中に倒せるぞ』

『これはゴーゴーだ!?』

『殺したらタイチのせいにされちゃうよ！』

『変装したし、慎重にいけば大丈夫だよ！』

『加減が難しいが……まあ、なんとかなるだろう』

『『そうだね！』』

なんとかなるなるの精神で、二匹はあの貴族が馬車で通るところで待ちぶせして狙うことにした。


そして翌日、夜。

ルークとケルベロスは、変装のため穴を開けた紙袋かぶっていた。これなら、貴族を襲っても正体がばれることはない。

ちなみに、太一がお風呂に入っている間にこっそり抜け出してきた。

夜の道を、ランタンの光が照らしながら馬車がやってきた。ヒメリが言っていた通り豪華な馬車で、金色の縁取り模様が入っている。

『お、あれじゃないか？』

『ルビーの仇《かたき》を取るぞ！』

『待って。それじゃあルビー死んでる』

『仲間を傷つける奴は許せないぞ〜！』

まずはケルベロスが本来の大きさに戻り、『グルオォ』と馬車の前に立ちふさがる。

『ヒヒンッ』

それにビビッて止まった馬の馬具をすべて取り外し、馬を逃がしてやる。

『別に馬にはなんの恨みもないからな』

見逃してやろうというルークの情けだ。

『それより……見ろ、あいつだ』

パニックになって馬車から転げるように出てきたのは、ルビーを売れと言った貴族だ。でっぷり太っていて、見るだけで不愉快になる。

『殺したらタイチが犯人にされるとは、面倒な』

ルークは仕方がなく、貴族に対して紙一重の攻撃を仕かける。ちょうど尻もちをついたすぐ横の地面がえぐれ、震えている。

『ふふ、びびってる！』

『でも、これ以上近くに行ったらボクたちの正体ばれないかな？』

『紙袋をかぶってるだけだもんね……』

ここは街のすぐ近くなので、本来ルークやケルベロスのような魔物はいない。下手をしたら、従魔の仕業、イコール犯人は太一だと横暴なことを言われてしまう可能性もある。

すると、ふいに辺り一面に濃い霧が発生した。

『む？』

ルークが鼻をふんふんさせ、急いでその原因を突き止めようとする。

『これは……誰かがスキルを使っているようだな』

『ボクたちの味方ってことかな？』

『それなら、ヒメリじゃない？』

『ヒメリ、ボクたちのこと大好きだもんね』

ケルベロスはルンルン気分で、ヒメリはどこにいるのだろうと鼻をふんふんさせて匂いを辿《たど》る。

けれど、周囲にヒメリの気配はない。

『『『あれぇ……？』』』

なぜだろうと不思議そうにしていると、『ただ者じゃないな』とルークが口をはさむ。

『カフェの仕事を手伝ってはいるが、ヒメリはなかなかの熟練者なのだろう。この霧も、オレたちの周囲だけにうまい具合に発生させている』

ここまで完璧にコントロールできる人間は、そういない。

『なるほどー！』

『でも、ヒメリが助けてくれた……ってことだよね』

『だったら、このチャンスを逃す手はないね！』

仕上げだと言わんばかりに、ケルベロスが自慢の爪で貴族の服だけを切り裂いた。

「ぴぎゃっ！」

貴族は間抜けな悲鳴をあげて、その場に倒れこんでしまった。

御者と馬はとっくに逃げたので、貴族が一人で帰るには裸のまま歩いて街まで行くしかないだろう。

『ふんっ！　今回はこれくらいでいいか』

『次にやったら、今度はもっとひどくしちゃうんだからっ』

『自業自得！』

『よし、心配してたからウメにも報告しよう！』

ルークとケルベロスは、満足げな表情でもふもふカフェへと戻ったのだった。

7 愛の告白

不届き者がもふもふカフェへ侵入してきてから数日、ルビーはどうにも落ち着かない日々を過ごしていた。

物思いにふけることが多くなって、ぼんやり窓の外を眺めていることもある。

そんなルビーを見て、太一《たいち》は心配になる。

(やっぱりあの襲撃事件が怖かったのかな)

ウメはすっかり元気になっているとはいえ、ルビーのことを守って怪我《けが》をした。そのことを引きずっている可能性は高い。

今はお客さんがいて時間がないけれど、午後からはヒメリがアルバイトに入ってくれるので時間ができる。

(そしたら、ルビーと話をしてみよう)

この世界に来たばかりの太一ではあまり頼りにならないかもしれないが、少しくらいなら心を軽くしてあげられるかもしれない。

午後になり、太一はヒメリにカフェをお願いしてルビーに声をかけてみた。

もふもふカフェの裏庭、【創造（物理）】で作ったベンチに太一とルビー二人並んで腰かける。

しばらく沈黙が続き、太一はなんて話を切り出そうか悩む。

（デリケートな内容だから、慎重に……）

そう思っていたが、ルビーから話を振ってくれた。

『実は……相談があるんです』

「――！　俺でよければ聞くよ」

『ありがとう、タイチ。その……』

話を振ってくれたのはいいけれど、やはり言いづらいのか沈黙が流れる。

それから一分ほどして、ルビーは小さな手をぎゅっと握りしめ、口を開いた。

『実は自分、……っ、ウメに惚《ほ》れてしまったんです！』

「………えっ!?」

まったく予想していなかった相談の内容に、太一は目を見開く。

（心の傷とかそういうんじゃなかった!!）

ここで恋愛相談がくるとは！

（でも、なんてアドバイスをすればいいんだ!?）

ずっと社畜生活をしていたため、恋人はいなかった。むしろ猫カフェの猫を恋人のように想《おも》っていた節もある。

太一は言葉に詰まる。

(種族が違うけど……でも、ルビーは番《つがい》を探して旅をしてたんだもんな)

ひとまずこれは喜ばしいことなのだろう。

「番を探してるって言ってたもんな。ウメのどんなところが好きになったんだ？」

『……ウメさんの強いところ、ですかね』

「強いところ？」

『はい』

太一が聞き返すと、ルビーはそのときのことを話してくれた。


時はほんの少しだけ遡《さかのぼ》り、不届き者が店へやってきたときのことだ。

『ウメだって怖かったはずなのに、体を張って自分のことを助けてくれたんです。不届き者が来たとき……あ、これは誰にも言わないでほしいんですけど』

「うん？　言わないよ」

『ウメ……震えてたんですよ。普段からしっかり者で気の強いウメですけど、ああ見えてちょっと臆病な一面もあるみたいで』

それなのに、勇気を振り絞って前に出て戦った。

見た瞬間、ルビーは心が震えたのだという。同時に、自分を庇《かば》って怪我をしたことには心臓が縮み上がりそうになった。

『可愛《かわい》くて、守ってあげたいと思ったんです。……まあ、守られた自分が言うのもあれですけど』

ルビーはそう言って、頬《ほお》を赤らめる。

その甘酸っぱい気持ちに、太一までつられて赤くなる。

「そうだったのか。俺にはウメの気持ちまではわからないけど、ルビーの気持ちが通じるといいなとは思うよ」

『……はい。それで相談があって』

「うん？」

てっきり今の話で終わりかと思ったが、本題はこれからだったようだ。

『自分の鉱石を使った装飾品を贈りたいんです！』

「え、ルビーの鉱石を？」

『そうです。自分の背中の針を素材として使って、装飾品を作ってもらえませんか？』

ルビーが素材を提供し、太一はそれを職人に加工してもらう……ということらしい。

『自分じゃあ人間の店に行けませんから』

「なるほど、そういうことなら任せてくれ！」

とびきり素晴らしい装飾品を用意しよう。

ウメは首まわりに草花が生えているので、首輪よりはリボンか、足にはめられる足輪のようなものがいいかもしれない。

（というか待てよ、【創造（物理）】のスキルで作れるんじゃないか？）

そのほうがルビーの好きなデザインに近くなりやすいし、何度も作り直すことができる。となれば、さっそく確認してみる。

「その装飾品、俺が加工してもいいかな？」

『え？　それはもちろん。タイチは職人だったの？』

「いや、そういうことができるスキルがあるんだ。人には言ってないから、できれば内緒にしてもらえると嬉《うれ》しいかな」

従魔ならば教えてもいいけれど、ほかの人たちに知られるのはまずい。なんでも作れてしまうなんて、チートにもほどがある。

『わかった！　ありがとう、タイチ』

「任せろ！」

（……とは、言ったものの）

一番大きな不安は素材だ。

背中の針を素材として使って大丈夫なのか？　という疑問が浮かぶ。また生えてくるんだろうか？　痛くはないのか？　など、いろいろなことを考えてしまう。

（というか、やるとして……俺が抜くのか？）

さすがにそれは恐ろしくて、ぞっとする。

太一がどうすべきか悩んでいると、隣からぽとりと何かが落ちる音がした。見ると、ルビーの針が一本ベンチに落ちていた。

「…………えっ!?」

突然のできごとにびっくりして、太一は一瞬言葉を失う。

心の準備だって何もしていなかったのに、唐突すぎる。

「待てルビー、痛くないのか？　抜けた針はどうなるんだ？　生えてくるのか？　どうやって抜いたんだ？」

『落ち着いてタイチ』

「あ、ああ……」

驚きすぎて思わず早口になってしまった。

ルビーが何度も『大丈夫だよ』と言ってくれる。

『これは自分の意志で取ることができるんだ。敵に襲われたとき、針を何本か捨てたら逃げられるからね』

「あ、なるほど」

トカゲが尻尾を切るようなものなのかと、太一は納得する。

（いやでも、マジでびびったからな!?）

心臓に悪すぎた。

太一はこっそり深呼吸して落ち着いてから、ルビーを見る。

「それじゃあ、この鉱石を使ってアクセサリーを作るな。ルビーはどんなのがいいとか、イメージはあるか？」

太一の言葉に悩みながら、ルビーは口を開く。

『そんなに装飾品に詳しいわけじゃないけど……強いて言うなら、かっちりした印象のほうがいいかもしれない。鉱石っぽさを残してほしいというか』

「素材を生かす……みたいな感じかな？」

『そうそう！』

太一は頷《うなず》いて、それならあまり細かいデザインにはせず、鉱石は大きめに配置しようと考える。

前足につける足輪を想像して、スキルを使う。

「――【創造（物理）】」


頭の中で思い描くのは、仲間思いで優しいウメに似合う足輪だ。

梅の花と梅の実をイメージし、ルビーの鉱石は丸とハートの形に加工する。まだまだ鉱石はあるので、少しずつ大きさの違う小さな粒を作る。

それを足輪の後ろから前方面へハーフ分だけ大きい順で繋《つな》いでいく。

ルビーの赤色の鉱石は太陽の光を浴びてキラキラと輝いている。それはとても美しく、ルビーがウメを思う心のようだと太一は思った。

太一の中でデザインが固まると、足輪ができあがった。

『おおおぉ、これは素晴らしい！　まさに、赤い瞳のウメにぴったりな一品だと思います。すごい、すごいなぁ』

太一ができあがった足輪をルビーに渡すと、愛らしい目をキラキラさせて喜んでくれる。大事にぎゅっと抱きしめて、『つけてくれるかな……』とそわそわしているのがわかる。

（足輪を渡しながら告白するのかな？）

想像すると、なんとも微笑《ほほえ》ましい光景だ。

そして同時に、自分も恋人がほしいな……とも思ってしまう。さすがにずっと独り身でいるつもりはない。

（まあ、特にいい雰囲気の人がいるとかではないんだけど……）

というか、恋人ってどうやって作るんだ？　そう考えてしまう太一には、なかなかハードルが高そうだ。

そんな太一と対照的すぎるのが、ルビー。

『それじゃあ、ちょっとウメに渡してきますね！』

「うん、頑張って」

気合を入れて店内に戻るルビーを見送り、太一はしばらく感慨にふけるが――「今から!?」とルビーの後を追いかけた。

「うおおぉぃっ、ちょっと待って……っ!!」

だってまさか、こんなに早く告白するとは思わなかった。

……のだが、追いついたときにはすでに告白は終わってしまっていたようだ。

ウメの前足にはできたばかりの足輪がはめられていて、赤い鉱石がとてもよく似合っていた。

「一番肝心のシーンを見逃した……」

太一はがっくりと項垂《うなだ》れたのだった。


ウメは背中にルビーを乗せて、トントントンッと軽やかにキャットタワーを登っていく。到着した場所は、外が見られるようにと窓を設置してもらった場所だ。

『おお、いい眺めですね』

『そうだろう？　タイチがあっという間に窓を作ったときは、驚きすぎて心臓が止まるかと思ったよ……』

太一がスキルを使ったときのことを思い出したらしく、ウメは息をつく。太一と一緒にいると、驚きの連続なのだ。

それを聞いて、ルビーも『わかります』と頷く。

『なんというか、タイチは規格外ですからね……。こんなに強いテイマーは、そうそういないんじゃないですか？』

それこそ、勇者レベルで強いのではないだろうかとルビーは考える。

『まあ、勇者を見たことがないから比べられませんけど……』

『あちしも見たことないね。というか、強い冒険者を見つけたらすぐ逃げるからね』

すぐに巣穴へ逃げて、通り過ぎるまでやり過ごすのだ。

『ああ、でも……強い冒険者より、駆け出しの冒険者のほうが厄介よ！　あいつら、強くなるために、あちしたちを狙ってくるんだから』

『それは許しがたいですね』

ランクの低い冒険者たちが、弱いフォレストキャットを狩るというのが一般的になってきている。

ウメたちフォレストキャットからすれば、いい迷惑だ。

逆に、強い高ランクの冒険者たちはフォレストキャットのことはスルーすることのほうが多い。

目的はほかにあるので、いちいち構っている暇はないのだろう。

『だからあちしとしては、弱い冒険者ほど嫌いよ』

『ウメも大変な目にあっていたんですね』

『あちしには、仲間がいたからまだよかったよ。ルビーこそ、大変だったろう？　鉱石ハリネズミは、針を全部抜かれる……ってこともあるらしいじゃないかい』

ウメが『本当なのかい？』と言うと、ルビーは頷いた。

『自分たちの針はいい素材になるみたいですからね。まあ、逃げるときに何本か落とすことはありますけど……全部はさすがに恥ずかしいから無理ですよ。スッポンポンじゃないですか！』

『あはは、気にするのはそこなのかい？』

『ファッションならぬ針問題は、自分たちハリネズミ系の魔物にとっては深刻なんですよ。見た目が悪いと、モテないですし』

だから鉱石ハリネズミの雄は、自分で鉱石を磨いて雌にその美しさをアピールするのだ。

『でも、アンタにはもうあちしがいるから……そんなことは気にしなくてもいいだろう？』

『ウメ……！』

ほかの雌にアピールする材料だと聞いたからか、ウメは口を尖《とが》らせて拗《す》ねた様子を見せる。どうやら、ルビーの過去にやきもちを焼いているようだ。

そんなウメがとても可愛いと、ルビーは胸を撃ち抜かれる。

『自分はウメ一筋ですから、心配しないでください!!』

『ちょっ、そんな大声で言うもんじゃないよ！　ここにはみんないるんだからね!?』

ルビーの愛の言葉を聞き、ウメは恥ずかしさのあまり周囲を見回す。すると、キャットタワーの下に……にやにや楽しそうな笑みを浮かべているケルベロスが一匹。

『アンタ、聞いてたのかい……』

『きゃー♪』

『愛の告白は大事だもんね』

『相思相愛は素敵だよ』

ケルベロスが尻尾を振りながら、『もっとどうぞ！』と二匹の背中を押しているかのようだ。

『いいなぁ、ボクも番に憧れちゃう！』

ルビーとウメを見ていたせいで、ケルベロスは羨《うらや》ましくなってしまったようだ。

それを聞いていたルビーは、ぐっと拳を握って『応援します！』と声をあげる。

『きっと、ケルベロスもウメのような素敵な女性に出会えますよ！　……あれ、でも相手は一匹？

それとも三匹？』

体は一つだけれど、顔と意識は三つある。

ピノ、クロロ、ノールの好みのタイプが同じならば問題はないのかもしれないが、そうでなければ恋愛をするのも大変そうだ。

ルビーの問いかけに、ケルベロスは悩ましげに首を傾《かし》げる。

『ん〜、ボクもわかんないや』

『一匹でも三匹でも、問題はないと思う！』

『家族がたくさん増えるのは、いいこと！』

『すごいですね、さすがは伝説の獣ケルベロス……』

そんな小さいことは気にしないらしいケルベロスを、ルビーは尊敬の眼差《まなざ》しで見る。自分はウメ一筋だけれど、それぐらい器の大きなハリネズミになろう。

『自分は自分に持てる精一杯で、ウメを愛します!!』

『『ひゅー♪』』

ルビーの宣言に、ケルベロスが盛り上がる。近くにいたフォレストキャットも、自分たちのボスが愛されていることがわかり嬉しそうに鳴く。

そんな中、ぷるぷると震えているのはウメだ。

『もう、これ以上この話は終わりだよ！　まったく、恥ずかしくないのかい？』

そう言うウメは、頬が赤くなっている。

『ウメ、世界一可愛いです……っ！』

『ああもう、こんなところで言われたら恥ずかしいだろう！』

ルビーの愛の言葉を聞いて照れたウメは、全力でキャットタワーから降りて逃げてしまう。

しかしそんな賑《にぎ》やかな日常はいいものだと、ウメもルビーも感じていた。


本日はもふもふカフェの定休日。

太一は店内のソファにだらりと横になって、とあることを考えていた。

「もふもふの数に対して、店内が狭すぎじゃないか？」

『なんだ、今頃その事実に気づいたのか？』

「ルーク！」

ぽそりと呟《つぶや》くと、当たり前のことを言うんじゃないとルークから突っ込みが入る。

『だから言っただろう、ここでは狭すぎると』

「いやー、まさかこんな大所帯になるとは思ってなかったからさ」

この物件を借りた際に、ルークから『高貴なオレが住むには狭い』と言われたことを思い出す。

あのときは冗談だと受け流していたが……まさか本当に狭いと感じる日がくるなんて。

最近はもふもふカフェにもお客さんが増えてきて、売り上げも順調に伸びている。まだ満席になるほどではないが、その日は近いかもしれない。

そうなると、やはり現実的なのは……カフェを広くすること。

(新しい物件を探してみる?)

しかし、探したとしていい物件があるだろうか？　という疑問もある。それに、なんだかんだこの物件も気に入っている。

「……悩んでても仕方がないし、とりあえずシャルティさんに確認してみるか」

『なんだ、出かけるのか？』

「テイマーギルドに物件のことを聞いてみようと思ってさ。ルークも行くか？」

街中なので、面倒ならばこのままカフェで留守番をしていても構わない。そう伝えるも、ルークはビーズクッションから立ち上がった。

どうやら一緒に来てくれるらしい。

『お前一人だと不安だからな、ついてってやる』

「お母さんか！」

ルークの言葉に思わずツッコむも、ついてきてくれるというのは嬉しいものだ。

ケルベロスたちに留守を任せ、太一とルークはテイマーギルドに向かった。


テイマーギルドに行くと、今日も一人として客がいなかった。

アーゼルン王国はもう少し賑やかだったので、シュルクク王国にもテイマーが増えてくれたらいいなと太一は思う。

そしてもふもふカフェが増えればいい。


「あ、タイチさん！　いらっしゃい」

「こんにちは」

カウンターで事務作業をしていたシャルティが、手を振ってこちらにやってきた。

「今日は……いないみたいですね」

警戒した様子で告げるシャルティに、太一は笑う。

「さすがに、そう頻繁に従魔を増やしたりはしないですよ」

「そうですか？　まあ、面倒を見る分には問題ないですからね。でも、そうなると……どういったご用件です？」

シャルティは図鑑を手に取って、『もしや新しいもふもふを？』とも言っている。

「いやいやいや、まあ、気になりますけどね。実は大所帯になりすぎてしまったので、もう少し広い物件がいいなーと思って相談に来たんですよ」

「ああ、なるほど～」

太一の理由を聞くと、シャルティが確かに二三匹は多すぎると笑う。

「でも、残念ながらいい感じの物件がないんですよね。街の中はそこまで広い物件がなくて……いっそのこと、買い取って増築します？」

「増築？」

考えていなかった案に、太一は目を瞬《しばた》かせる。

今の物件は郊外にあって、すぐ隣に別の建物があるわけではない。周辺の土地が売られているのであれば、買い取ってしまうというのも一つの手だろう。

（資金は……ルークが倒した魔物を売れば大丈夫な気がする）

本当ならばカフェの利益から増築などの費用を捻出できたらいいのだが、必要な先行投資だから仕方がない。

（いっそ、自宅とカフェを別の建物にしてしまうっていう手も……ありだな）

太一お得意のチートスキル【創造（物理）】があれば、おそらくできないことはほぼない。

考えると、シャルティの意見が一番いいような気がしてきた。

「ちなみに、周辺の土地は買えますか？」

「どれだけ大きくしたいんですか、タイチさん」

シャルティは笑いながらも、書類を持ってきてくれた。

見ると、太一が借りている物件と周囲の土地の管理に関して記載されている。どうやら、土地はテイマーギルドが所有しているようだ。

物件の買い取り額は二〇〇〇万チェル。

そこに周囲の土地が加わると、さらに三〇〇〇万チェルが必要になってくる。

（……買える）

ほぼルークのおかげだけれど。

太一は隣でつまらなさそうにしているルークを見て、わしゃわしゃと首まわりを撫《な》でる。

『なんだ、いきなり！』

「ルークのおかげで今のカフェを買うことができるなーって思ってさ。魔物の素材を売ったお金で買えそうだ」

太一の言葉を聞いて、ルークは『おおっ！』と顔を輝かせる。

『せっかくだから、倍以上の大きさにしろよ！』

「さすがにそれはちょっと……」

掃除も大変になってしまうし、必要性はあまり感じない。

しかし――よく考えてみたほうがいいかもしれないとは太一も思う。

この短期間で従魔がすでに二三匹もいるのだ。今後増えないという保証があるだろうか？　むしろ、増えるという保証しかないような気がする。

太一は肩を落とし、ルークに「善処するよ」と告げる。

裏庭は改造したばかりだし、現状はこのままでいいだろう。

カフェの横に塔みたいなものを設置して、まるごと巨大なキャットタワーにするというのも楽しいかもしれない。

それかいっそ、二階建てを三階建てにしてしまうのもありかもしれない。

(ん〜、夢が膨らむなぁ)

考えただけで、楽しくて楽しくて仕方がない。

(あ、地下室っていうのもいいか!)

この前のごろつきの件もあるので、もふもふたちが避難できるスペースなども確保しておきたいところだ。

「あっ」

太一がわくわくしていると、シャルティが眉を下げて申し訳なさそうな顔を作った。

「……? どうしました、シャルティさん」

「問題が一つあります」

「ん?」

お金はあるし、場所も条件も太一としては問題ない。

いったい何が問題なのだろうと、太一とルークは首を傾げる。

「タイチさんすごいから、うっかり頭から失念しちゃってましたよ……」

「え? いったいどういうことです?」

「物件の購入には、ギルドランクD以上が条件なんです」

「――あ」

そういえば最初に賃貸契約を交わした際に、そんな説明があったことを思い出す。

当時は、別に賃貸で問題なかったのでさらりと流していたが……これは由々しき事態だ。

太一のテイマーランクは『F』だ。

これをDランクにするには、階級を二つ上げる必要がある。

(え、階級ってそんなに簡単に上がるもんか？)

やはり別の賃貸物件を借りたほうがいいかもしれないと、太一は思う。テイマーランクFの自分が家を買おうなんて、おこがましいことだったんだ。

太一がそう思っていたら、シャルティがカウンターの上にばさっと書類を置いた。

「サポートしますので、頑張ってランクを上げましょう！」

「え、上げるの!?」

「当然ですよ！　いい機会なので、ちゃちゃっと上げちゃってください。ルークがいれば、大抵の討伐依頼系は片付くと思いますから」

どうやらもふもふカフェの増築は、もう少し時間がかかりそうです。

閑話　祝福のケーキ

名前をもらった鉱石ハリネズミのルビー。

素材の希少価値が高いことから、仲間たちは冒険者に狩られたりしてどんどん数が減ってしまった。大勢いた仲間たちとも、もう随分と会っていない。

寂しくなったルビーは番探《つがいさが》しの旅に出て、もふもふカフェへとやってきた。

ルビーの手の中には、今しがた太一《たいち》に作ってもらった足輪がある。

これは、自分の鉱石の針を素材にした、世界にたったひとつしかない装飾品だ。キラキラ輝く赤色の宝石が、とても美しい。

この出来栄えを見たらもう、自分の気持ちを抑えることなんて無理だった。

太一にお礼を言って、すぐさまウメのいる店内へと駆けた。

『ウメ！』

勢いよく店内に入ると、全員の視線が自分に向けられた。それにちょっとドキッとするが、今は気にしている場合ではない。

（今日もとっても可愛《かわい》い……ウメ）

姿を見るだけで心臓がドキドキして、ルビーはどうしようもなくときめいてしまう。こんな気持ちはきっと、生まれて初めてだ。

みんな、こんな風に番と出会っているのだろうか。

名前を呼ばれたウメは、『あちしかい？』とルビーの前まで来てくれた。それだけで、ルビーのドキドキが加速する。

（そういえば、告白の台詞《せりふ》までは考えてなかった！）

しかしながら、考えたところでいいものが浮かぶとも思えない。

番探しをしている旅の中で、ルビーは幾度となく申し入れの言葉を考えていた。『自分の伴侶になってください！』『あなたになら背中の針を差し上げます！』『愛しています！』……しかし、どれもしっくりこなかった。

告白とはなんて難しいのだろうと、今までで何度思ったことか。

しかし不思議なこともあるもので……ルビーの口から、すんなりと言葉が出た。

『自分の鉱石で作った足輪です。よければ、ずっとつけていてはもらえませんか？』

——ずっとずっと、この先一緒にいてください。

そんなルビーの気持ちが込められた告白に、店内のもふもふたちがざわめいた。

けれど、ウメしか瞳に映っていないルビーは、そのざわめきにまったく気づかない。ウメだけが、周囲の反応を見てぶわわっと体中の毛を逆立たさせた。

ストレートな愛の告白に、ドキドキしてしまったのだ。

ウメは群れのボスとして、九匹のフォレストキャットを率いて生活をしてきた。

森の中ではジャイアントクロウがいたりと、生きていくだけで精一杯の毎日を送ってきたことも珍しくはない。

番を見つけるような余裕なんて、ウメにはなかった。

それに、誰かから番《つが》おうと言われるとも、想像すらしたことはなかった。

（まさか、あちしに……）

ウメはなんて返事をすればいいかわからず、黙ってしまう。

けれどその耳は赤く染まっているので、照れているということがわかる。だからルビーも、ウメの返事をせかしたりすることなく待つ。

少し時間をおいて、ウメが小さな声で口を開いた。

『あちしは……アンタより随分と体が大きいし、似合いの夫婦になれる自信は……ないよ』

それは、自分はルビーに相応《ふさわ》しくないかもしれない……という心配だった。

いつもは群れを率いる強気なウメも、こういった一面がある。そんな自分に少し臆病なところも含めて、ルビーは可愛いと思っているのだけれど。

『大丈夫です、自分は似合いの夫婦になれる自信がありますから！』

だからなんの心配も必要ないと、ルビーは笑ってみせる。

『ルビー……！』

ウメが名前を呼んで、そっと前足を差し出した。


『よろしく……お願いします』


小さな声で紡がれたウメの言葉に、ルビーは破顔する。

ルビーは急いでウメの足に足輪をつけて、その足先へとキスをする。

『とってもよく似合っています、ウメ！　ああもう、自分は嬉《うれ》しくて嬉しくて……どうにかなってしまいそうです！』

『もう、大袈裟《おおげさ》だよ。こんなあちしだけど、末永くよろしくね』

『はいっ!!』

二匹のやりとりを見ていた店内のみんなが、わっと沸いた。

『『みゃうぅ～っ！』』

『まさかこんなところで番の申し込みをするとは……まあ、めでたいのはいいことだ』

『わあああ、おめでとう！』

『お似合いだと思う、おめでとう！』

『新しい家族、素敵だね』

『『みっ！』』

フォレストキャット、ルーク、ケルベロス、ベリーラビットと、お祝いの言葉をかけてくれる。

『ありがとう、みんな！』

ルビーはお礼を言い、フォレストキャットたちのもとへ行く。

『自分、ちゃんとみんなのボスを幸せにします！　もう自分がすでに幸せいっぱいです!!』

『みゃあ』

『にゃんっ』

フォレストキャットたちがなんと言っているかまではわからないが、その笑顔を見ると自分たちを祝福してくれているのだということがわかる。

ルビーがちらりとウメを見ると、頷《うなず》かれた。

『アンタたち、これからはルビーも一緒に行動するだろうから……よろしくね』

『よろしくお願いします！』

『『みゃっ』』

フォレストキャットの群れのボスは、番を見つけたらその座を降りる場合と継続してボスを続ける場合がある。

降りる場合というのは、ほかの群れの自分より強い相手に見初められ、群れを抜けなければいけないとき。その際は、群れで二番目に強い個体がボスとなる。

継続する場合は、相手が自分より弱い、もしくは群れの一員となってくれる場合だ。

ルビーはウメたちと同じく太一の従魔で、もふもふカフェの仲間だ。今後も同じ場所にいるので、ウメの群れの一員となったのだ。


「うぅ、まさか感動的なシーンを見逃してしまうなんて……」

太一は店の奥、キッチンでしょんぼりしていた。

みんなと一緒に、ルビーの告白を温かく見守りたかったからだ。とはいえ、告白を見るという行為がありなのかは疑問だけれど……。

「ええと、とりあえず……【お買い物】！」

猫の神様が授けてくれた固有スキル、【お買い物】。

太一が助けた猫の神様に、日本でのお使いをお願いすることができるとんでもないスキルだ。

使うとメモ用紙が出てきて、買ってきてほしいものを五個お願いすることができる。

そこに『ペット用のお祝いケーキ』と書く。

最近のペットショップには、ケーキはもちろんおでんなどいろいろな種類の食べ物が売られている。

「二人が番になったんだから、お祝いしないとだよな」

ちなみに猫用のケーキではあるのだが、二匹とも魔物なので基本的に食べられないものはない。

もちろん、多少の好き嫌いのようなものはあるけれど。

しばらく待つと、頼んだケーキが太一の前に現れた。それにお金を払って受け取って、るんるん気分で店内へ戻る。


『ウメ、ルビー、おめでとう!!』


太一がケーキを持って祝いの言葉を告げると、ウメとルビーがすぐさまこちらにやってきた。

『タイチ！　ありがとう、あちし……タイチにテイムしてもらわなかったら、ルビーとも会えないままだった』

『タイチのおかげです、ありがとうございます！』

二匹にお礼を言われて、なんだかくすぐったい気持ちになる。

「俺が少しでも二匹の仲を取り持てたなら、よかったよ。ケーキを用意したから、お祝いにみんなで食べよう」

『『ありがとう、タイチ！』』

ウメとルビーの声が重なって、さらに続けて『ケーキ!?』という声が聞こえてくる。

『わあ、すごい美味《おい》しそう！』

『今日はおめでたい日！』

『家族って素敵！』

『『『みゃ〜』』』

『『『みっ！』』』

『まあ、オレも食べてやらんことはないぞ』

もふもふみんなが嬉しそうにして、太一たちの周りにやってきた。みんなでウメたちのことをお祝いできるのが、とても嬉しい。

もふもふカフェの仲間の新たな門出に、乾杯！

（……あ、ケーキ一つじゃ足りなかった……）

MFブックス

異世界もふもふカフェ ~テイマー、もふもふ猫を求めて隣国へ~ 2

2020年10月25日 初版第一刷発行

著者 ぷにちゃん
発行者 青柳昌行
発行 株式会社KADOKAWA
〒102-8177 東京都千代田区富士見2-13-3
0570-002-301(ナビダイヤル)
印刷・製本 株式会社廣済堂
ISBN 978-4-04-680013-8 C0093

企画 株式会社フロンティアワークス
担当編集 福島瑠衣子(株式会社フロンティアワークス)
ブックデザイン 鈴木 勉(BELL'S GRAPHICS)
デザインフォーマット ragtime
イラスト Tobi

本シリーズは「小説家になろう」(https://syosetu.com/) 初出の作品を加筆の上書籍化したものです。

ファンレター、作品のご感想をお待ちしています

宛先
〒102-0071 東京都千代田区富士見 2-13-12
株式会社 KADOKAWA MFブックス編集部気付
「ぷにちゃん先生」係 「Tobi 先生」係

二次元コードまたはURLをご利用の上
右記のパスワードを入力してアンケートにご協力ください。

https://kdq.jp/mfb
パスワード
meeh4

● PC・スマートフォンにも対応しております(一部対応していない機種もございます)。
●お答えいただいた方全員に、作者が書き下ろした「こぼれ話」をプレゼント!
●サイトにアクセスする際や、登録・メール送信時にかかる通信費はご負担ください。

MFブックス既刊

魔導具師ダリヤはうつむかない
～今日から自由な職人ライフ～
甘岸久弥
1
魔導具師ダリヤはうつむかない
～今日から自由な職人ライフ～
甘岸久弥
2
魔導具師ダリヤはうつむかない
～今日から自由な職人ライフ～
甘岸久弥
3
魔導具師ダリヤはうつむかない
～今日から自由な職人ライフ～
甘岸久弥
4
魔導具師ダリヤはうつむかない
～今日から自由な職人ライフ～
甘岸久弥
5
人工魔剣！
便利アイテム！
魔物グルメ！
シリーズ
大好評
発売中!!

女性職人の
ものづくり
異世界ファンタジー
読めば応援
したくなる!
魔導具師ダリヤはうつむかない
～今日から自由な職人ライフ～
甘岸久弥
イラスト：景